weissbooks.w

Thomas Schenk
Im Schneeregen.
Eine Geschichte

weissbooks.w

Im Schneeregen

Das haben Sie davon, hatte Gruber gesagt, stundenlang in diesem Wald zu sitzen, an eine Tanne gelehnt, das machen die Bronchien nicht mit. Soll sich verloren haben, Schwitter, vom Weg abgekommen und auf eine abschüssige Bahn geraten sein. In einer Mulde kam er zur Ruhe. Die Wolken ließen sich mit den Fingern berühren, sie hatten sich im Haar verfangen, es schwer werden lassen. Seine Zirkulation, das war von Anfang an klar, würde dem Wetter nicht standhalten. Aber jetzt fühlte er sich gut, er hatte sogar die Kapuze zurückschlagen müssen, so warm war ihm. Dasitzen und schauen. Der Boden zerfurcht, überall kleine Öffnungen, in die Schwitter eindringen wollte, um die Tiere zu beobachten, die in den Gängen lebten unter ihm. Die gesunde Luft atmen, mit der sie versorgt wurden, er konnte sie riechen, ruhig und gleichmäßig strömte sie ins Erdinnere, dort im Dunkeln verharrte die Luft einen Augenblick, bevor sie ebenso ruhig wieder ausströmte. Und all die Bäume, wie aufrecht sie standen, er musste nach ihren starken Stämmen tasten, über Rinde streichen, den Widerstand der Borke spüren. In Furchen drang er und in Spalten, seine Finger stauten das Wasser, das sich auf den Verästelungen niedergelassen hatte und nun zu den Wurzeln strebte. Scharf und deutlich war alles, als wäre es eben erschaffen worden. Er war es, der es erschaffen hatte. Haushohe Bäume hatte er aufgerichtet aus eigener Kraft, mit den Handflächen die Kronen gerundet, Wurzelkanäle gebohrt mit bloßen Fingern.

Schnee und Regen ließen sich nieder, und Schwitter saß da und schaute. Jede Flocke vermochte er wahrzunehmen und jeden Tropfen, so langsam ging das vor sich. Das Wetter ließ ihm Zeit. Wie ungleich sie doch waren, verspielt der Schnee, geradlinig und atemlos der Regen, und doch in einer Art Tanz vereinigt, harmonisch und, ja, von einer Leichtigkeit, die sich festsetzte im Gedächtnis. Nicht einmal die Hände brauchte er auszustrecken, um das Glück zu befühlen. Er sah, wie ein Schneekristall sich zärtlich auf einen Tannenarm legte, und schon schlug sein Herz stärker, der ganze Körper pulsierte. Und wenn ein Regentropfen auf eine der Wurzeln traf, die den Boden wie Adern überzogen, drang die Erschütterung bis in sein Rückenmark. So saß er da, Hemd und Hose mit Wasser vollgesogen.

Im Schneeregen, sagte Schwitter zu Gruber, sind mir Tränen gekommen. Jahrelang war die Drüse verhockt gewesen, und hier, hart an der Schneefallgrenze, löste sich das Augenwasser. Nein, nicht aus Verzweiflung darüber, sich verlaufen zu haben, auch nicht wegen der Kälte. Es war dieses Stechen im Hals, immer stärker wurde es, doch statt dass er aufschrie vor Erregung, überliefen ihm die Augen. Stoßartig flossen sie anfangs, die Tränen, sie mussten sich den Weg erst bahnen, durch Sedimente und Krusten dringen. Bodensatz wurde abgetragen, Hindernisse unterspült, bis es ruhig strömte nach einer Weile. Endlich war das Tränenbett ausgewaschen, es plätscherte und gurgelte, keine Schreie, kein hastiges Schnappen mehr nach Luft, leise und flach ging der Atem, so wie im Schlaf. Er lag im Wald, leicht und frei, über sich nur Schnee und Regen, Wattebäusche und durchscheinende Kugeln, zu einem riesigen Mobile verbunden mit feinstem Nylonfaden. Die Atmosphäre weinte sich aus, und er war Zeuge, schloss sich der Reinigung gleich an, tat seine Tränen dazu, das Wasser kam zusammen, schwemmte Gräben weg und alles, was hätte erzählen können von früher.

Aber wie kann ein erwachsener Mensch in eine solche Lage geraten? Er las die Frage in Grubers Augen, doch noch bevor er antwortete, legte sich sein Bettnachbar auf den Rücken. Länger als eine Viertelstunde gelang es ihm nicht, wach zu bleiben. Schwitter ließ ihn dösen, sie würden, dachte er, noch genügend Zeit haben miteinander. Dass sie Gruber so plötzlich holten, war nicht vorauszusehen. Jetzt steht die Mineralwasserflasche unnütz auf dem Nachttisch, das Bett ist leer. Immerhin, denkt Schwitter, haben sie es noch nicht frisch bezogen. Vielleicht bringen sie Gruber noch einmal zurück.

Die Aufforderung, die von der bereitgelegten Klinge ausgeht, ist unmissverständlich. Selbst wenn nur ein paar Stoppeln zu sehen sind, die Rasur muss sein. Noch einmal verstreicht Schwitter die weiße Masse. Er atmet schwer. Um nichts vom Schaum in den Mund zu kriegen, presst er die Lippen aufeinander. Schon eine ganze Weile zieht er die Luft durch die Nase. Die Nasenflügel wirken kalt und, das ist ihm vorher gar nicht aufgefallen, sie bewegen sich überhaupt nicht. Erst als er ganz tief Luft holt, kann er sehen, wie sich die Öffnungen zusammenziehen, ganz wenig nur. Beim Ausatmen nehmen sie wieder den ursprünglichen Durchmesser an. Er wäscht sich die Hände und greift nach dem Rasierer. Zwischen Zeigefinger und Daumen dreht er ihn, probt ein paar Bewegungen in der Luft, bis er sich sorgfältig über die rechte Wange fährt. Schaum wölbt sich vor der Klinge, dahinter kommt bleiche Haut zum Vorschein. Zu Hause rasiert er sich trocken. Umständlich zieht er die Klinge ein zweites Mal über das Kinn, bleibt hängen, er muss etwas stärker drücken, darauf ein Zucken, ein brennender Schmerz.

Er legt den Rasierer weg und schaut, die Hände aufs Waschbecken gestützt, in den Spiegel. Noch ist kein Blut zu sehen, kein Punkt, der größer wird, um bald im Schaum zu zerfließen. Vielleicht kommt es noch. An ihm solls nicht liegen, er hat Zeit, er kann hier stehen bleiben, bis es dunkel wird. Doch die Blutbahn ist verstockt. Egal wie lange er wartet, es ist kein Rot zu sehen. Also wischt er sich den Schaum vom Kinn, und nun kommt der Riss zum Vorschein, eine deutliche Spur, Schwitter bewegt die Fingerkuppen darüber, um die Kerbe zu befühlen. Mit den Daumen versucht er die Haut zu dehnen, tatsächlich öffnet sich der Spalt ein bisschen, zeigt sein Inneres, blasses Fleisch, aber noch immer kein Blut, selbst wenn er die Haut zusammendrückt. Er beginnt zu massieren, lässt den Daumen auf der versehrten Stelle kreisen, drückt gegen den Unterkiefer, bis der Knochen schmerzt und die Haut sich rötet. Er wünscht, er könnte seine Lippen auf die Wunde pressen und daran saugen, um das Blut zum Fließen zu bringen.

Dass er an Blutarmut leidet, kann ausgeschlossen werden. Eine Störung von solchem Ausmaß wäre ihm längst aufgefallen, und auch sein Arzt hätte etwas merken müssen bei der letzten Untersuchung. Die Blässe seines Gesichts lässt sich mit seiner Erschöpfung hinreichend erklären, und er kann nicht sagen, dass das Wetter einer gesunden Hautfarbe förderlich gewesen sei. Das Gewebe, kein Zweifel, wird korrekt durchblutet, er braucht sich nur die Hand auf die Wange zu halten, um Wärme zu spüren. Trotzdem, denkt er, wäre es nicht unverhältnismäßig, Hilfe zu verlangen. Die Wunde muss gereinigt werden. Wenn kein Blut austritt, bleiben die Keime im Gewebe, sie können ja sonst nirgends hin. Immer wieder hört man von gefährlichen Spitalinfektionen. Vor einem halben Jahr musste die Frau vom Amstutz ins Spital, etwas mit der Milz, Routineeingriff, kurz die Bauchdecke geöffnet und wieder geschlossen, aber nach ein paar Tagen begannen die Bazillen zu wuchern, bis sie den eigenen Mann nicht mehr kannte. Jetzt arbeitet der Amstutz nicht mehr bei ihnen, habe die Performance, sagte der Chef, einfach nicht mehr gebracht.

Er wäscht sich den restlichen Schaum ab, macht der Prozedur ein Ende. Im Spiegel kann er das halb rasierte Gesicht erkennen, er kommt sich lächerlich vor. Wenigstens die Haare, denkt er und greift nach dem Kamm, bevor er ins Bett humpelt. Vielleicht sollte er klingeln und nach einem Pflaster verlangen. Sonst macht er, falls doch etwas Flüssigkeit austreten sollte, die Bettwäsche schmutzig. Er friert, das Fieber muss gestiegen sein. Am Morgen hatte er bereits 38,3 Grad. Die Pflegerin zeigte keine Reaktion, als sie den Wert ablas, vergessen Sie Ihren Tee nicht, sagte sie nur, bevor sie aus dem Zimmer ging.

Hell ist es geworden, Schwitter richtet sich auf, damit er sehen kann, wie Sonnenstrahlen durch die Wolken brechen. Der Raum wirkt in diesem Licht noch reiner als sonst. Über den lehmfarbenen Linoleumboden gleitet sein Blick zum Holztisch, den Stühlen davor und weiter zu den beiden Sesseln, zu Grubers leerem Bett, daneben der fahrbare Beistelltisch, darauf die Wasserflasche. Das Zimmer, wundert er sich, entspricht genau seiner Vorstellung. Als wären alle Spitalzimmer nach dem gleichen Plan gebaut, mit den gleichen Gegenständen eingerichtet. Das letzte Mal war er wegen einer akuten Blinddarmentzündung im Spital, über zehn Jahre ist das her, alles sah aus wie hier, mitten im Urlaub hatten die Schmerzen eingesetzt, er musste sofort operiert werden. Die Arztgehilfin war so freundlich, ihn gleich in ihrem Wagen in die nächste Klinik zu fahren, ein roter Alfa Romeo, in rasanter Fahrt gings das Prättigau hinunter, sie schien es richtig zu genießen, auf die Sanität, sagte sie, warte man bei solchem Wetter vergebens, ein prächtiger Wintertag, als er aus der Narkose erwachte, schien noch immer die Sonne.

Damals teilte er das Zimmer mit diesem Schindler, noch keine fünfzig war er, sah aber aus wie siebzig. Lungenemphysem, hatte er geflüstert und ihn angeblickt, als wäre es eine Auszeichnung, verliehen vom Arzt, der sich jeden Morgen an den Fuß des Bettes stellte. Wissen Sie, war dem Mann nach einer schweren Nacht erläutert worden, bei Ihnen sind die Bronchien irreversibel verengt, da dürfen Sie von den Alveolen keine Wunder mehr erwarten. Ein Plastikschlauch führte aus der Wand ans Bett, der Sauerstoff, der lautlos durch die Leitung strömte, zögerte das Ersticken ein paar Wochen hinaus.

Ohne Gruber ist es ganz ruhig, nur den eigenen Atem kann er hören. Er wundert sich, dass er noch immer alleine ist. So wie er versichert ist, hat er kein Anrecht auf ein Einzelzimmer. Andere Menschen werden beim Fliegen bevorteilt, seine Bürokollegen erzählen gerne davon, zeigen allen auf der Bank ihren Stolz, wenn sie ihre Beine in der Business Class ausstrecken durften, als wäre das Upgrade ihr Verdienst gewesen. Sie essen und trinken sich, kaum ist die Maschine in der Luft, durch die ganze Menükarte. Schwitter muss sich die zahlenden Passagiere vorstellen, wie sie alles angewidert beobachten, aber davon berichten seine Kollegen nichts, das fällt denen nicht einmal auf. Ihm ist es noch nie passiert, und er ist froh darüber, denn er würde kaum etwas essen und sich auch sonst anstrengen, um nicht erkannt zu werden als einer, der die Klasse wechseln durfte.

Schwitter regt sich nicht, er will die Stille bewahren, unterdrückt den Impuls, sich auf den Rücken zu drehen, die Beine anzuwinkeln. Er liegt auf der Seite und blickt zum Fenster, sieht, wie sich der Vorhang im Rhythmus seiner Lunge bewegt. Könnte er den Atem anhalten, den Luftstrom abdrehen, wäre die Regungslosigkeit vollkommen. Turbulenzen, als jemand die Tür öffnet. Arbeitsgeräusche dringen ins Zimmer, gedämpfter, an den Wänden des Flurs gebrochener Schall, Klappern von Geschirr, der Hall zielstrebiger Schritte, dann wird die Tür geschlossen und er ist wieder allein.

In einer Stunde, hat die Pflegerin gesagt, bringe ich Ihnen das Inhaliergerät, wegen Ihrer Bronchien, vom Arzt verordnet, er kann Ihnen alles am Nachmittag erklären. Was soll mit seinen Bronchien schon sein? Etwas entzündet, die Luft, das Wetter, die nassen Kleider, deswegen braucht er doch keinen Arzt. Er fährt sich mit der Hand über das Gesicht, die Finger streichen über Stoppeln, erinnern ihn an die Rasur, beim Kinn entdecken sie die Vertiefung, der Zeigefinger tut sich hervor, versucht einzudringen in die Wunde, möchte darin stochern, Gewissheit erlangen über die erlittene Verletzung, doch er gleitet ab. Der Schnitt ist nicht tief genug. Wo Gruber jetzt ist? Er hätte die Pflegerin fragen müssen. Es gehe ihm besser, hätte die nur gesagt und freundlich gelächelt dazu. Alles muss ganz ruhig vor sich gegangen sein in der Nacht, Schwitter wachte erst auf, als sie das leere Bett zurückrollten.

Wolken schieben sich vor die Sonne. Schwitter hält den Kopf ruhig auf dem Kissen, achtet auf das Pochen der Arterien, hört harte Schläge. Auf achtzig schätzt er seinen Puls, ungewöhnlich schnell. Besonders schlimm, hatte ihm Schindler damals zugeflüstert, sei das Ausatmen, ständig diese Angst, die verbrauchte Luft nicht mehr aus der Lunge zu bringen. Wie ein Ballon, beschrieb er den Zustand seines Organs, in den fortwährend Gas einströme, größer und größer werde er, aber nirgends ein Ventil, um Druck abzulassen. Jeden Nachmittag, Schlag fünfzehn Uhr, trat Schindlers Frau ins Zimmer und legte sich, kaum hatte sie ihren Mantel ausgezogen, auf ihn und umschloss mit ihren Armen seinen Brustkorb, ganz so als vermöchte sie mit ihrem Gewicht die gefangene Luft aus der kranken Lunge zu pressen. Das Blau seiner Lippen hielt sie wohl davon ab, ihren Mann zu küssen. Fünf Minuten lagen sie aufeinander, manchmal auch zehn, dann erhob sich die Frau und ließ sich erschöpft und mit geröteten Wangen in den Sessel fallen. Das Gesicht des Mannes entspannte sich für kurze Zeit, und Schwitter war es, als könne er darin ein Lächeln erkennen.

Vom Brustkasten steigt ein Kitzeln auf, dringt rasch zum Kehlkopf. Schwitter schluckt leer, macht Räusperlaute, will den Reiz unterdrücken, doch der Husten ist stärker, schon muss er Luft auspressen, der Brustkorb beginnt zu brennen, und in seinem Mund sammelt sich Schleim. Er führt die Zunge zum Gaumen, verstreicht die klebrige Masse. Endlich greift er nach dem Napf unter seinem Bett, doch sein Rumpf krümmt sich von neuem, seine Lungen werden zusammengedrückt, als quetsche jemand mit Kraft eine Tube aus. Dann erst kann er ausspucken und zusehen, wie die Absonderung auf den Boden des Behälters gleitet. Seine Zunge hat Rost angesetzt.

Bei uns nehmen sich die Ärzte noch Zeit für die Patienten, hat die Pflegerin gesagt, das sehen Sie dann auf der Visite. Warm und herzlich sollen ihre Worte klingen, doch Schwitter versteht die Drohung, hier wird er nicht nur mittels Stethoskop abgehorcht. Die Fragerei mag noch so harmlos beginnen und unverfänglich, am Schluss geht es immer darum, dass er nicht aufpasst und ein paar Sätze zu viel verrät. Vollkommen überflüssig das Ganze, die bräuchten nur die richtigen Leute zu fragen, den Pfleger im Aufwachraum zum Beispiel, der ist vertraut mit der Geschichte, vermag sie lückenlos zu erzählen, um Ihr Gedächtnis zu beleben, so hat er sich ausgedrückt, sich auf Schwitters Bettrand gesetzt und zu flüstern begonnen: Im Stock, in diesem Wald zuhinterst in der Großen Runs, habe er gelegen, reiner Zufall, dass ihn ein Bauer gefunden habe, sonst wäre er erfroren. Soll eingeschlafen sein, an einen Baum gelehnt, das wisse er, sagte der Pfleger, von einem der Sanitäter, die ihn geholt hätten. Müsse ein Schock gewesen sein für den Bauern, den leblosen Körper zu entdecken mitten im Wald, durchnässte Kleider, leichenblasses Gesicht. Nichts mehr zu machen, wird der Bauer gedacht haben, steigt von seinem Transporter, beugt sich zu dem Mann hinab, er atmet, gottlob, rasch auf die Beine mit ihm, zum Wagen, aber die Beine knicken ein, immer wieder, er muss ihn umschlingen mit seinen Armen, unter den Schultern packen, vorsichtig geht er rückwärts mit der Last, Schritt um Schritt zerrt er sie über den Weg, hat keine Wahl, die Beine schleifen über den Boden, endlich hievt er den Mann auf den Beifahrersitz, zum Glück ist der so mager, ein Strick um den Bauch, das genügt, damit er in den Kurven nicht noch vom Wagen fällt, auf dem Hofplatz ruft er seine Frau, zusammen tragen sie ihn ins Wohnzimmer, aufs Sofa, breiten eine Wolldecke über ihn, alarmieren die Sanität, warten, legen etwas Holz nach, beobachten den Fremden, kneifen in seinen Oberschenkel, klatschen auf seine Wange, streichen ihm die Haare aus dem Gesicht, sehen auf die Uhr, zehn Minuten, holen sich einen Schnaps, fünfzehn, noch ein Gläschen, zwanzig, endlich ist das Martinshorn zu hören, sie eilen nach draußen, weisen den Sanitätern den Weg in die Stube, dann geht alles schnell, der Körper wird untersucht, eine Unterkühlung, aber nicht bedrohlich, sagt der jüngere der beiden, das Herz schlägt regelmäßig, die Atmung funktioniert, eine Kanule wird gesteckt, eine Infusion angehängt, vorgewärmte Glukoselösung fließt in die Vene, eine Wärmedecke wird über den Rumpf gezogen, und schon ist das Bauernpaar wieder allein, winkt dem Fahrzeug nach, das über den Platz fährt, die Straße hinunter, aus dem Tal, nicht übereilt, Schneematsch liegt auf der Straße, die Sirene bleibt ausgeschaltet, das Blaulicht ebenfalls. Wie stimmungsvoll der Pfleger alles schildern kann, denkt Schwitter. Als wäre er dabei gewesen.

Den Fuß hat niemand untersucht. Womöglich ist ein Band gezerrt, ein kleiner Riss nicht auszuschließen.

Doch Schwitter bleibt ruhig, man wird die Schwellung schon noch entdecken, bandagieren, vielleicht etwas Eis auflegen. Im Bett ist die Irritation kaum wahrzunehmen, ein Kräuseln nur im Knöchel, wenn er sich darauf konzentriert. Beim Gehen aber wäre der Schmerz gleich wieder da. Er hat schon genügend Umstände bereitet bei der Einlieferung, hat sich gewundert über fremde Menschen, die seinen Körper untersuchten mit ihren Instrumenten, Licht machten und Lärm, auf ihn einredeten, Fragen stellten. Früher oder später muss man antworten, will die Zunge bewegen, aber sie bleibt liegen, wenigstens den Kopf rühren, Reaktion zeigen, darauf kommt es an, das wollen sie sehen, bis man Vor- und Nachnamen hersagen kann, auch das Geburtsdatum, dann darf man die Augen schließen, wird aber gleich wieder geblendet, muss wiederholen, das eine oder andere dazudichten, irgendeinmal geht es vom Schragen in ein Bett, nur ein dünnes Spitalhemd bedeckt den Körper, fällt einem auf, man wird durch Gänge geschoben, ein Labyrinth, von einer Frau, über einem ihr Gesicht und Neonlampen, hinein in einen Lift, unvermittelt diese menschliche Nähe, man will etwas reden, die Spannung vertreiben, doch kein Wort, nach dem man greifen kann, Erleichterung, wenn sich die Lifttür öffnet, wieder Gänge, Lampen, Schilder, schließlich Halt vor einer Tür, vorsichtiges Manövrieren, man wird in Position gebracht, mit Tee versorgt und mit Tabletten, eine der Lampen bleibt angeschaltet, damit Sie das Badezimmer finden, Herr Schwitter, sagt die Schwester, alle wiederholen seinen Namen, als hätten sie Angst, dass er ihn gleich wieder vergisst, noch ein Blick zum Nachbarn, Herr Gruber, sagt sie eine Spur zu laut, ihm geht es nicht so gut, dann verlässt sie das Zimmer.

Eine wildfremde Person, ein Bauer, wird zu seinem Lebensretter, erfüllt die vornehmste Pflicht, die man sich vorstellen kann. Ausgeschlossen, sich angemessen dafür zu bedanken, kein Mensch kann so etwas, und doch wird er seinen Retter aufsuchen müssen, das ist eine Frage des Anstands. Aber wie zeigt man seine Freude über ein gerettetes Leben? Soll er dem Bauern um den Hals fallen, ihn umarmen, an den Schultern fassen, an sich pressen, so fest er kann, sollen sie sich zusammen im Kreis drehen, tanzen vor Freude, bis sie taumeln, soll er ihn vielleicht sanft mit seinen Handflächen berühren, wie ein Blinder ihm übers Gesicht fahren, ein Abbild nehmen von diesem Menschen, ihn küssen, wieder und wieder umarmen, das Kinn auf seine Schultern aufstützen und weinen, endlich weinen? Mit Geld wäre es einfacher. Es sollte einen festen Betrag geben, um sich für diese Dienstleistung erkenntlich zu zeigen, vom Staat bestimmt, abhängig vielleicht vom Rettungsaufwand und den eigenen finanziellen Möglichkeiten, dann bräuchte er bloß ein Couvert zu überreichen, zusammen mit einer Flasche Schnaps. Er wird an der Tür läuten und scheitern. Kaum öffnet der Bauer, wird Schwitter die Augen spüren, die ihn befragen, er kann dem Blick nicht standhalten, wird die auswendig gelernten Dankesworte heruntersagen, dabei auf seine Hände schauen, die sich am Griff eines Korbes festhalten, der mit Birnenweggen gefüllt ist und mit Käse, Würsten, Trockenfleisch, ordentlich geschmückt und vakuumverpackt, viel zu schnell wird er reden, der Bauer wird nichts verstehen. Schwitter kann froh sein, wenn er den Korb loswird.

Und jetzt auch noch der Arzt, bemüht sich an einem Sonntag hierher, wegen einer lapidaren Erkältung. Und nicht irgendein Arzt, der Chefarzt selbst wird zur Visite erscheinen, sogar die Pflegerin schien erstaunt darüber, als sie ihm das erklärte. Bestimmt haben sie seine Personalien falsch aufgenommen, oder sein Name stimmt zufällig überein mit dem Namen eines Stammgasts oder eines engen Freundes des Professors. Der wird Augen machen, wenn er die Verwechslung bemerkt, mit einem kalten Blick wird er die anwesende Pflegerin abstrafen, bevor er sich dem Wanderer zuwendet. Auf den Nachmittag ist der Professor angekündigt, Schwitter bleiben noch drei, vier Stunden, sich eine Erklärung auszudenken, zurechtzulegen, was er preisgibt und was nicht. Überzeugen will er bei diesem mündlichen Examen, entschlossene Schritte zum Experten, taktsicherer Armschwung, aufrechte Haltung, die Hand mit Kraft gereicht, doch keine Übertreibung, keine Überheblichkeit riskieren, den Blick im Gegenüber ruhen lassen, um dann flüssig vorzutragen. Schwitter verheddert sich gern, vor Anspannung hebt und senkt er die Stimme, staut da den Redefluss, schießt dort unvermittelt los. Bis heute sieht er sich im Traum alle paar Wochen vor einem Fragebogen sitzen, überall reiben Kugelschreiber auf dem Papier, nur er weiß nichts zu schreiben. Dabei hat er alle Prüfungen bestanden, sogar beim Autofahren hat es im ersten Anlauf geklappt, was allerdings nicht daran lag, dass er besonders klug war. Es war die Angst vor dem Scheitern, die ihn härter arbeiten ließ als die anderen. Und jetzt kennt er nicht einmal das Thema, er weiß nur, dass es vom Urteil des Professors abhängt, wie lange er hier bleiben wird.

Intercity Zürich-Chur. Schwitter will ganz vorne beginnen, sich an die Chronologie zu halten, wird das Beste sein. Wenn die Pflegerin rechtzeitig das Inhaliergerät bringt, kann er, sobald sich ihre Verwunderung über die Teilrasur und seine Wunde am Kinn gelegt hat, den Text, den er für den Professor vorbereitet hat, in aller Ruhe durchsprechen, seine Wirkung testen. Die Geschichte wäre auch Gruber nahe gegangen, der hätte sich mitreißen lassen, der hätte vielleicht sogar den Mund geöffnet und seine Zähne gezeigt, wenn er gehört hätte, wie da einer allein im Zugabteil sitzt und sich durch den Aprilmorgen fahren lässt. Schwitter presst den Rücken ans Polster, hält die Arme verschränkt, den ausgebleichten Rucksack zwischen die Beine geklemmt. Kurz nach sechs zeigt seine Uhr, früh genug, um keine fremden Blicke ertragen zu müssen. Umsteigen in Wädenswil, schnell durch die Unterführung, der andere Zug wartet, der Zugführer winkt zur Abfahrt, und schon ziehen Reihenhäuser vorbei, bald Wiesen, kahle Bäume. In Einsiedeln angekommen, schreitet er zügig durchs Dorf. Kinder fallen ihm auf, sie stehen vor einem Schaufenster und schneiden Grimassen, wenden ihm ihre farbigen Schultaschen zu. Als er zur Klosterkirche kommt, bleibt er stehen und neigt den Kopf nach hinten, um zu den Turmspitzen aufblicken zu können. Da schieben sich ein paar ältere Frauen über die Kopfsteine des Klosterplatzes. Kirchgängerinnen, vermutet er, sie haben dem Chorgebet der Benediktiner beigewohnt und noch die Laudes in den Ohren. Manchmal folgt er einem solchen

Grüppchen, in der Regel muss er nicht lange warten, bis die Alten ein Café betreten, dann setzt er sich an einen Nebentisch und hört zu, wie sie über ihre Sorgen reden. Gruber wäre bestimmt schon eingeschlafen. Dabei kommt das Spannende doch erst.

Ja, ich bin im Spital, aber keine Sorge, nichts Schlimmes, weder Verkehrsunfall noch Herzinfarkt, und auch kein Darmverschluss, bloß eine Infektion, erhöhte Temperatur, von Fieber zu reden, wäre übertrieben, ein, zwei Tage Bettruhe, und ich bin wieder im Büro. Er muss seinen Chef anrufen, bevor auffällt, dass sein Platz leer bleibt, und alles erzählen. Sei proaktiv, verlangt er, warte nicht, sagt er, bis die Kunden anrufen, du musst, ermahnt er, immer in der Offensive sein. Die Stimme braucht Schwitter nicht zu verstellen, für eine Grippe klingt sie rauh genug. Sei konzis, unterbricht der Chef, wenn Schwitter einmal etwas ausholt, keine filigranen Ausschmückungen, nur das Essentielle. Diesmal weiß er sich kurz zu fassen, wer, was, wann, wo, wie viele Verletzte, das Alarmierungsschema kennt er noch vom Nothelferkurs. Wer: Matthias Schwitter. Was: Auf harmloser Wanderung in Schnee und Regen geraten und, in der Folge, in einen Zustand fortgeschrittener Erschöpfung. Wann: So genau lässt sich das nicht sagen, aber lange kann es noch nicht her sein. Wo: Das wüsste er selber gerne, soll im Stock gewesen sein, ein Waldstück, irgendwo zwischen Einsiedeln und der Ibergeregg. Wie viele Verletzte: eine Person, weit und breit kein anderer

Mensch, doch was heißt schon verletzt, den Fuß verstaucht und etwas Fieber. Die müssen ihn bald gehen lassen.

Schwitter ist nicht krank. Sein Herz schlägt regelmäßig, die Atmung funktioniert, beweglich ist er auch, vermag die Arme wie Vogelschwingen auszubreiten, mit den Händen den Bettrahmen zu greifen und noch darüber hinaus. Wie er sich ausstreckt, schlägt er mit dem rechten Handrücken am Nachttisch an, die Teekanne gerät ins Rutschen, er kriegt sie gerade noch zu fassen, die Tasse aber fällt zu Boden und zerspringt. Bis ins Stationszimmer muss der Krach zu hören sein, gleich wird eine Pflegerin ins Zimmer stürzen. Schwitter übt bereits ein paar beschwichtigende Worte, alles meine Schuld, hört er sich sagen, ein bisschen Bettgymnastik betrieben im Übermut, die Zirkulation gefördert. Aber niemand zeigt sich, also macht er selber sauber. Will er die Chance auf rasche Heilung wahren, darf er die Spitalroutine nicht stören. Wenn er sich aus dem Bett lehnt, kann er die Scherben greifen, vorsichtig, Stück für Stück legt er sie in die Schublade des Tisches. Jetzt muss er nur noch den verschütteten Tee aufwischen, nicht dass noch jemand auf die Idee kommt, ihm einen Katheter zu stecken. Ein Frottiertuch im Badezimmer zu holen, kann er seinem Fuß nicht zumuten, er behilft sich mit dem Kissenanzug, öffnet ungeduldig die Knöpfe, nimmt den Stoff und putzt die Lache damit weg.

Morgen um acht Uhr meldet sich Imhof auf der Bank, das Sitzungszimmer im zweiten Stock ist reserviert, nur kurz lüften müsste man vorher. Ein begeisterungsfähiger Mann, dieser Imhof, fünfunddreißig, seit drei Jahren betreut er ihn, große Risikotoleranz bei kleiner Risikofähigkeit, leider, Verkäufer in einem Warenhaus, hofft auf Erbschaft, Einzelkind, ideale Voraussetzungen, aber die Eltern halt noch rüstig, bescheidene Summe, Aktienfonds, ganz am Anfang und ohne Glück ein paar Optionen. Am Empfang wird man Imhof mitteilen, Herr Schwitter sei leider erkrankt übers Wochenende, sein Stellvertreter nicht abkömmlich so kurzfristig. Wenn es nach seinem Chef ginge, würde Imhof längst in der Schalterhalle Schlange stehen. Dort gehören die Kleinanleger hin, sagt er immer, lässt sich billiger over the counter abwickeln, und vergiss die Erbschaft, bei der heutigen Lebenserwartung. Für vierzig-, fünfzigtausend Franken braucht es keine teuren Anlagespezialisten, verstehst du, dafür sind unsere Fixkosten zu hoch, da sind wir nicht kompetitiv, Schweizer Blue Chips, Emerging Markets, ist doch alles indexiert, das ideale Schaltergeschäft. Bis jetzt hat ihn sein Chef gewähren lassen, die kleinen Sparer zu Fonds zu überreden. Solange er es schafft, seine Jahresziele zu erreichen, zwei Millionen Franken Fondsabschlüsse, ein paar Hunderttausend Neugelder und so weiter. Nicht, dass er ein besonders guter Verkäufer wäre. Zu überzeugen vermag er nur in einem Punkt, bei der persönlichen

Vorsorge, sparen, etwas zurücklegen fürs Alter. Angst vor der Zukunft machen, das kann er, nehmen dir alle ab, sagt sein Chef, da bist du völlig authentisch. Wenn seine Kunden Aktien zeichnen oder neue Fonds, hat Schwitter danach immer das Gefühl, sie hätten es aus Mitleid mit ihm getan.

Er hätte rechtzeitig umkehren können. Noch war kein Regen gefallen, als er den Waldrand erreicht hatte. Vom Klosterplatz aus hatte er einige hundert entschlossene Schritte gemacht, der Weg führte steil in die Höhe, der Verkehrslärm und das Dröhnen der Baumaschinen ließen nach. Vor seinen Augen breitete sich Wiesland aus. Er blieb stehen, um zu verschnaufen. Da fielen ihm die Wolken auf, von Westen schoben sie sich heran, begannen den Himmel abzuschirmen, schneller, als er es erwartet hatte. Nur kurz zögerte er, dachte daran, nach Einsiedeln abzusteigen, bevor der Regen einsetzen würde, vielleicht bald schon Schnee, die Nullgradgrenze, hatte es im Wetterbericht geheißen, am Nachmittag gegen tausend Meter sinkend, ein kleiner Kälterückfall, nicht ungewöhnlich für die Jahreszeit. Was hätte er im Dorf machen sollen? Ziellos umhermarschieren, sich unter die Klostertouristen mischen, Schaufenster nach Devotionalien absuchen, Kerzen, Kreuze, Rosenkränze, durchs Eisengitter einen Blick auf die Schwarze Madonna werfen, sich von den Wegweisern zum Rundgemälde der Kreuzigung Christi führen lassen, zur größten Krippe der Welt, zum Lebkuchenmuseum, Mineralienmuseum und weiter zur Skisprungschanze, der jüngsten Attraktion, das Betonprofil studieren und aus dem immergrünen Rasen, wo die Athleten landen, ein paar Plastikfasern zupfen als Souvenir? Gleich nach Zürich zurück und sich auf der Zugfahrt den Kopf darüber zerbrechen, wie nun der Rest des Tages zu ordnen sei, kam nicht in Frage, er hatte sich für den Ausflug entschieden, da konnte ihn das Wetter nicht davon abbringen.

Geraten seine Pläne durcheinander, kommt er unter Druck. Rasch wachsen die Erwartungen, groß und bedrohlich wird der Tag. So war es letzte Woche, der Coiffeur sagte ihm kurzfristig ab, Migräneanfall, Schwitter war schon unterwegs, als sein Telefon klingelte. Er hatte sich aufs Haareschneiden gefreut, mit geschlossenen Augen dasitzen, nur Atemgeräusche und das Schnippen der Schere. Beschwingt marschierte er los, sprang die Stufen zum Tram hoch, stieg nach ein paar Stationen wieder aus und ging zu Fuß weiter, denn er war viel zu früh dran. Der Anruf raubte ihm allen Schwung, die Beine wurden schwer, angestrengt zog er sie übers Trottoir, machte große Bogen um Fußgänger, machte sich klein, ließ sich zum Bahnhof treiben, blieb stehen. Dort, in der Halle, wurde er von Reisenden umströmt, ganz nahe kamen sie ihm, er musste sich zwingen, zu verharren. Es gab Fußgänger, die durchquerten die Halle in direkter Linie, entschlossen, Hindernisse aus dem Weg zu räumen. Wer Regung zeigte, die Pupillen verengte oder gar die Augen abwendete, hatte verloren. Immer wieder kam es zu Zusammenstößen, Schwitter war sich der Gefahr bewusst, so steif und stur, wie er unter der großen Anzeigetafel stand. Der Zufall führte Menschen auf einen Meter oder weniger an ihn heran, er konnte den Luftzug spüren, Parfum und Rasierwasser riechen, er hätte, um sie zu berühren, nur seinen Arm ausstrecken müssen, dabei dachte er daran, dass er den meisten nie mehr so nahe kommen würde im Leben.

Nach Hause konnte er nicht in diesem Zustand. Er brauchte einen Kaffee, auch etwas zu essen vielleicht, aber nicht hier am Bahnhof. Die Brötlistube läge am Weg, zur Bäckerei St. Jakob wäre es auch nicht weit. Schwitter kam ins Studieren, der Gedanke an einen Kaffee hatte den Mechanismus in Schwung gebracht, und er wusste, dass er ihn nicht mehr stoppen konnte. Andere setzen sich ins erstbeste Café, auf gut Glück. Er beneidet sie darum, doch er braucht Gewissheit, prinzipiell, auch wenn es Zeit erfordert. Als würde ein einziger unüberlegter Schritt ausreichen, ein ganzes Leben zu verpfuschen. Er strengte sich an, die richtige Entscheidung zu treffen, das richtige Café zu finden, im Kopf schritt er den Weg ab, rief sich Cafés und Restaurants in Erinnerung, die er kannte, machte Abstecher in Seitengassen, vergewisserte sich in Innenhöfen, kam an neun Lokalen vorbei, neun Möglichkeiten, die er sorgfältig prüfen musste, Tageszeit und Wochentag in Betracht ziehend. Er wollte systematisch vorgehen, beim Kaffee beginnen, das war sein ursprünglicher Gedanke, der schmeckt im La Perla am besten, stark und angenehm bitter, dazu noch etwas Süßes, ein Stück Schokoladenkuchen zum Beispiel, doch im La Perla gibts nur Abgepacktes, er wollte aber frische Ware, für selbstgemachten Kuchen vielleicht doch besser zum Sprüngli beim Löwenplatz, aber nicht um drei Uhr, da ist zu viel Lärm, einmal hatte er Zeitung gelesen um diese Zeit, da kamen japanische Touristen herein, setzten sich an seinen Tisch, ausgerechnet in das kleine Café, wo doch in jedem Reiseführer das Sprüngli am Paradeplatz aufgeführt ist, nein, für etwas Ruhe besser ins Avenida hinter dem Stauffacher, aber nicht an einem Samstag, dann ist es dort zu ruhig, ein bisschen Betrieb muss schon sein, sonst fühlt man sich beobachtet, und dann kann sich die Kellnerin noch das Gesicht merken und das nächste Mal ungefragt Kaffee und Wasserglas vor einen hinstellen, keine Stammgastrituale aufkommen lassen, deshalb lieber ins Forum, dort wechselt das Personal häufiger, wären nur nicht diese Sessel, auf denen man weder sitzen noch liegen kann.

Wie Schwitter in Gedanken durch die Stadt irrte, sah er sich von zwei Bahnpolizisten beobachtet. Wäre er als Aufseher angestellt hier, wäre ihm dieser Mann auch längst aufgefallen. Als die beiden Polizisten auf ihn zukamen, löste er sich von seinem Platz, dann eben doch ins La Perla, dachte er trotzig, eilte durch den Bahnhof, als wollte er die verlorene Zeit aufholen, ging durch die Unterführung, die Treppe wieder hoch. Er musste stehenbleiben, vor Aufregung hatte es ihm den Atem verschlagen, an einer Hauswand suchte er Halt, es atmet ganz ruhig in mir, versuchte er sich einzureden, das Einzige, was ihm vom autogenen Training geblieben war, er stellte sich vor, wie hell schimmernde Sauerstoffbläschen in seinen Arterien zirkulierten, fand allmählich wieder in den Rhythmus, es atmet ganz ruhig in mir, die Brust wölbt und senkt sich, auch der Bauch schwingt mit. Du darfst nichts von deiner Atmung erwarten, hatte ihm der Therapeut geraten, dann wirst du nicht enttäuscht, dann wird dich die Luft wie Äther durchwehen, in sanften rhythmischen Wellen.

Danach zwang er sich, den Tramschienen folgend, zu kleinen Schritten, Linie drei, so musste er nicht an jeder Kreuzung überlegen, welchen Weg er einschlagen sollte. Der Mensch, hat ihm Schindler damals gesagt, ist ein undankbares Wesen, da würden Knochen, Muskeln und Organe zuverlässig ihren Dienst leisten, ohne dass man es zur Kenntnis nimmt, aber kaum reißt dann einmal etwas oder gerät ein innerer Apparat ins Stocken, realisiert man erst, was alles in einem steckt, zum Beispiel die Lungenflügel, in seinem, Schindlers Fall, krankhaft und unheilbar gebläht. Seither hat Schwitter den Mann vor Augen, wenn ihm die Luft ausgeht. Ist man verantwortlich für sein Aussehen, fragte er sich, wenn er Schindler betrachtete, das eingefallene Gesicht, den auf die Knochen abgemagerten Körper. Von dieser Zerbrechlichkeit hoben sich nur der grotesk vergrößerte Brustkasten ab und die Halsmuskeln, kräftige Stränge, die wie Kletterseile hervortraten. Ist der Mensch verantwortlich dafür, wenn sich das Skelett verformt, wenn die Lippen blau anlaufen, Doppelkinn und Knollennase sich bilden, fleischige Ohrläppchen und buschige Augenbrauen? Liegt es an den Genen oder am Essen, fragte er sich. Oder lassen sich die Menschen zu stark gehen? Ist es fehlende Disziplin, dass sich Körperteile nach und nach verformen?

Schwitter kam zum Helvetia, was ihm vorher gar nicht in den Sinn gekommen war, aber er hatte sich anders entschieden, wollte sich nicht davon abbringen lassen, kaum um die Ecke gebogen, wurde er unsicher, blieb stehen, bereute den Entschluss, zumal sie wirklich guten Schokoladenkuchen dort haben, also wieder zurück, er trat ein und steuerte zu jenem Platz beim hinteren Fenster, den er wählt, wenn er gelegentlich hierherkommt, stellte fest, dass dort schon jemand saß, überhaupt zu viel Betrieb, rasch wieder auf die Straße, das alte Ziel angepeilt, es gab ja wirklich nichts auszusetzen am Kaffee im La Perla, endlich war er da, spähte vorsichtshalber durch die Scheiben, wollte sicher sein, dass ihn kein Wohnungsnachbar in ein Gespräch verwickeln konnte, sah keine bekannten Gesichter, das Café war leer, geschlossen, las er auf einem Zettel, Todesfall in der Familie.

Vater würde ihn verstehen, der hatte sich, anders als Mutter, nie von schlechtem Wetter abhalten lassen, selbst bei Landregen drängte er darauf, in den Jura zu fahren, wo sie ein Häuschen gekauft hatten vor Jahren. Blieben sie, wenn Mutter eine Migräne vorschützte, doch einmal zu Hause, schlief Vater vor dem Fernseher ein oder schrie Mutter an, er hörte die grellen Stimmen von seinem Zimmer aus, die Tür einen Spalt weit geöffnet. Zusammen hätten sie, am Wegrand sitzend, das subtile Schauspiel erleben können. Aber was heißt Schauspiel, eine Aufführung erst einmal für die Ohren, die Augen werden später bedient, wenn ein dünner Film das Wiesengrün überzieht, wenn das Gras schimmert, die Baumwipfel leuchten vor dem Wolkengrau. Jetzt sind die Ohren an der Reihe, die registrieren am zuverlässigsten, wenn Niederschlag einsetzt, sie nehmen die Schwingungen auf, die zaghafte Steigerung, wenn das Wasser näherkommt, wenn es auf einen Stein aufschlägt, in einer Pfütze aufschäumt oder aufgefangen wird von einem Ast und mit diesem sanft zu wippen beginnt.

Ein Klavier, das ist es, was er bräuchte. Es müsste kein Flügel sein, ein einfaches Instrument täte es schon, bestimmt steht hier irgendwo eines herum. Das wäre die richtige Behandlung für ihn, der Professor ließe sich überzeugen, nochmals kurz ins Wetter eintauchen, nicht die geringsten Gesundheitsrisiken, auf keinen Fall die Bronchien verkühlen, reines Sublimieren, Sie verstehen doch, Herr Professor, die Phantasie anregen und dabei alles gut durchlüften, an hell schimmernde Sauerstoffbläschen denken. Eine der Pflegerinnen könnte ihn zum Klavier führen, den Gruber würde er gleich mitnehmen, er hängt bestimmt noch irgendwo am Tropf, also zuerst den Gruber holen und dann in den Übungsraum, macht doch mehr Spaß zu zweit so etwas. Dann: Deckel aufklappen, den Stuhl auf die richtige Höhe schrauben, Staub von den Tasten wischen, eine nach der andern niederdrücken, spüren, wie der Hammer an die Saite geschleudert wird, Ton für Ton sich einprägen. Das ganze Zimmer wird zum Resonanzraum, auch auf Gruber gehen sie über, die Schwingungen, mit seinem dünnen Körper vermag er dem Klang helle Farben beizumischen. Beim vierfach gestrichenen c angekommen, folgt das Spiel mit vier Händen. Zuerst etwas Fingergymnastik, Cerny vielleicht, eine vierhändige Etüde, Geläufigkeit schulen, Finger aufwärmen, Sehnen beweglich machen, dann ins Thema einstimmen, Wind und Wetter heraufbeschwören, am besten mit Satie, der hat für solche Neigungen komponiert, Strickjacke nicht vergessen, wird einem rasch kalt bei dieser Musik, eigentlich für zwei Hände geschrieben, aber das macht nichts, Gruber die rechte Hand, er die linke, entscheidend ist die Stimmung, verlangt viel Ausdruck, dieser Satie, sie müssen es fließen lassen, die Anweisungen des Komponisten weisen die Richtung, mit *blanc* und *toujours* sind Phrasen überschrieben, gläserner Klang ist hier verlangt, ewig während, etwas später *sans bruit* und *très loin*, hier müssen sie versuchen, die Töne wie Eis schmelzen zu lassen, bis sich die Schallwellen in Grubers Haaren verfangen, um dann zu verebben.

Nun aber höchste Zeit, das Notenspiel zu beenden. Sonst kommt jemand und holt den Gruber, ohne dass sie zum Kern der Therapie vorgestoßen wären. Gruber bleibt bei den oberen Oktaven, Schwitter im Bass. Sie lassen Wolken aufziehen, kurz darauf setzt Regen ein, zufällig schlagen die Tropfen auf, ein ernstes *portato*. Schnee kommt hinzu, sie ertasten die Oberfläche, fühlen die Temperatur, machen sich vertraut mit den Elementen, dann beginnen sie, die beiden Gesänge ineinander zu weben, Harmonie zu erregen. Führt Gruber die Stimme, kümmert sich Schwitter um den Takt und umgekehrt, Melodie, Begleitung, Melodie, Begleitung, unablässiger Rollentausch, über allem regiert Vergänglichkeit, fest und flüssig, den Gegensatz überwinden für einen Moment. Jeder spürt, was der andere vorhat, sie können mit geschlossenen Augen spielen, mal zieht Schwitter die Mollakkorde mit dem Pedal in die Länge, mal hebelt Gruber die Dämpfer aus, um den traurigen Klang zu dehnen. Musik, gemacht für einen Bechstein, es gibt kein schöneres Instrument, hat seine Klavierlehrerin immer gesagt, um zu nuancieren, Schattierungen anzubringen, Nachklang anzuhäufen. Aber sie brauchen keinen Bechstein, die Töne lassen sich auf jedem Instrument zu düsteren Gebilden fügen, tränenreiche Bogen spannen, Klangnebel formen, eine blassgraue Landschaft entwerfen, alles mit Schnee und Regen überziehen. Träge und dunkel fließt die Musik durch den Raum, sanft drückt Schwitter den Dämpfer, Gruber wagt es kaum, die Tasten zu berühren für ein Pianissimo, wie ein zarter Kristall soll es sich im Nichts verlieren. Dann schlagen sie rund und voll an, schwere Tropfen prallen auf. Vor ihren Augen formt sich das Wetter, im Nacken spüren sie ein Kribbeln, die Kälte wandert den Rücken hinab. Bloß das Gefühl in den Händen dürfen sie nicht verlieren.

Das mit Beatrice war die Ausnahme gewesen, wenigstens die ersten paar Wochen. Ob er ihr helfen könne, den Film zu wechseln, hatte sie ihn gefragt. Er war überrascht gewesen, als sie sich zu ihm ins Zugabteil gesetzt hatte, immer wieder musste er vom Buch aufschauen, ihr Gesicht betrachten, ihren dünnen Körper, auf einer Ballettbühne hätte er sie erwartet, mit den zusammengebundenen Haaren, dem enganliegenden T-Shirt, aber nicht hier. Beim Walensee nahm sie eine Kamera aus ihrer Handtasche und begann zu fotografieren. Wald, Weinreben, die Churfirsten zogen vorbei, und immerzu drückte sie auf den Auslöser. Als sie die Linthebene erreichten, war der Film voll. Vergeblich versuchte sie, einen neuen einzulegen. Das hat man davon, sagte sie mehr zu sich selbst als zu ihm, wenn man sich dem technischen Fortschritt verweigert. Er nickte, nahm den Apparat, den sie ihm hinstreckte, wortlos entgegen, überlegte, an der Kamera hantierend, was er ihr sagen könnte, ließ sich Zeit, eine schöne Landschaft, sagte er schließlich, nun war sie es, die nickte. Noch zweimal wiederholten sie das so, dann, der Zug fuhr schon in Zürich ein, fragte sie ihn nach seiner Adresse, damit ich Ihnen, sagte sie, ein paar Fotos schicken kann. Eine Woche später fand er eine Karte im Briefkasten, unterschrieben mit Beatrice. Kein Wort von den Bildern, stattdessen: Sie würde ihn gerne treffen, sie kenne eine kleine Bar im Seefeld. Schwitter war erstaunt, die Frau musste ihn für reich halten, oder sie war dabei, sich von ihrem Freund zu trennen, das steht man besser durch, wenn man nicht alleine ist.

Er hatte sich ganz gut organisiert, die Wohnung geräumig, wenn auch nicht übertrieben groß, eine Arbeit, die ihn forderte, ohne dass er sich aufopfern musste, und natürlich genügend Ausgleich, Krafttraining für den Rücken, Wandern für den Kreislauf, auch achtete er auf die Ernährung, Früchte, Gemüse, alles biologisch, und abends, bevor er schlafen ging, spielte er Schach. Mit der Zeit weiß man, was einem guttut, und Schwitter hielt sich daran. Aber jetzt, die Karte wieder und wieder lesend, sah er seine Regeln bedroht, und tatsächlich gab es schon bald Veränderungen, oft ging er erst um neun auf die Bank, in seinem Kühlschrank verdarben Milch und Salat, die Zeitungen legte er ungelesen aufs Altpapier. Nachdem er das erste Mal bei Beatrice übernachtet hatte und darauf im gleichen Hemd und mit gleicher Krawatte zur Arbeit erschienen war wie am Vortag, legte er in ihrer Wohnung einen Kleidervorrat an.

Nicht, dass er nie damit gerechnet hätte, seine Gewohnheiten einmal aufgeben zu müssen. Manchmal hatte er sich danach gesehnt, dass etwas passieren, alle Ordnung und Gewissheit in seinem Leben weggefegt würde. Aber er hatte es sich anders vorgestellt, an eine körperliche Beschädigung gedacht, die ihn aus seiner Welt reißen könnte, ein Sturz vom Fahrrad, eine diffuse Müdigkeit, die ihn ins Bett zwänge, er rechnete mit

Diebstahl, Wohnungsbrand, mit Schicksalsschlägen von Freunden und Verwandten. Eigentlich hätte sich längst etwas Gravierendes ereignen müssen. Doch Schwitter und mit ihm alle, die er näher kannte, blieben verschont.

Schwitter richtet sich auf und sucht den Boden nach Scherben ab. Die kleinen Splitter der Tasse können sich weit zerstreuen. Doch er sieht nichts, alles wirkt aufgeräumt, es riecht nach Putzmittel, der Spucknapf ist gereinigt, auf dem Nachttisch fällt ihm ein frischer Kissenüberzug auf, daneben eine neue Tasse. Und das Inhaliergerät. Er muss geschlafen haben, als eine Pflegerin die Maschine gebracht und gleich noch Ordnung gemacht hat. Dabei hätte er nach Zahnseide fragen wollen, und vor allem: Die Behandlung war längst fällig. Die Anordnungen des Arztes gilt es unter allen Umständen einzuhalten, sonst ist der ganze Aufenthalt vergebens. Ob er den Apparat einfach einschalten soll, ohne Anleitung? Eingesteckt ist er, Flüssigkeit scheint eingefüllt, eine Maske aus durchsichtigem Kunststoff liegt bereit. Doch Schwitter zögert, er weiß ja nicht, wie lange er inhalieren soll und mit welcher Atemfrequenz. Er freut sich auf die Anleitung, die Pflegerin wird die Rückenlehne hochstellen, Sie müssen aufrecht sitzen, wird sie sagen, damit Sie tief einatmen können, dann legt sie ihm die Maske auf den Mund, ein sanfter Druck ist zu spüren, die Ränder müssen gut aufliegen auf der Haut, erklärt sie, nimmt seine Hand und führt sie zur Maske, so müssen Sie sie halten, sagt sie, und jetzt schließen Sie die Augen und atmen ruhig und regelmäßig.

Um wach zu bleiben, humpelt er zum Sessel. Er denkt an Gruber und wundert sich, weshalb der nie am Fenster gestanden war, nie hinuntergesehen hat. Das Zimmer befindet sich im dritten oder vierten Stock, auf alle Fälle hoch genug, und so ist das Fenster mit einem Metallgitter versehen. Doch Gruber hat sich nichts aus der Aussicht gemacht, ist in seinem Bett gelegen und hat schwer geatmet. Jetzt kann Schwitter nur seinen eigenen Atem hören. Er weiß nicht, wie lange er es hier noch aushält alleine. Wissen die denn nicht, was das für ihn bedeutet, von allem getrennt zu sein? Er muss an die Geschichte denken, die er gelesen hat bei Beatrice, zufällig hatte er nach einem ihrer Bücher gegriffen: Zwei schwerkranke Männer sind im Spital, der eine liegt am Fenster, der andere bei der Tür, dem am Fenster ist es nicht wohl, wegen des Vorteils dem andern gegenüber, und so beginnt er ihm zu erzählen, was er draußen sieht, stundenlang redet er, von morgens früh bis abends spät, der andere hört zu, ohne etwas zu erwidern, dann, in einer Nacht, ringt der am Fenster mit dem Atem, er hustet, röchelt, der andere sollte klingeln, damit jemand kommt, doch er rührt sich nicht, er hofft auf den Platz am Fenster, am nächsten Tag ist der andere tot, erstickt, das Bett wird aus dem Zimmer gestoßen, der an der Tür wird ans Fenster geschoben, er hält die Augen geschlossen, bis er alleine im Zimmer ist, dann dreht er den Kopf zur Seite und stellt fest, dass nicht mehr zu sehen ist als eine Mauer.

Schwitter kann auf einen kleinen Park hinunterblicken, das heißt auf eine Wiese, die sich vor dem Spital erstreckt, darauf Tannen und ein paar Bänke. Bei schönem Wetter sitzen hier Patienten, oder sie gehen auf den asphaltierten Wegen und schieben Infusionsständer neben sich her. Schwitter ist froh, dass es regnet. Hinter dem Park stehen neue Reihenhäuschen, Gartensitzplatz, Plastikmöbel, Kinderschaukel, niemand zu sehen, dafür Scherenschnitte an den Fenstern. Ein Haus fällt ihm auf, der Garten ist leer, alle Läden geschlossen, scheint unbewohnt, vielleicht ist noch niemand eingezogen, ein Unglücksfall, oder die neuen Besitzer haben sich getrennt gleich nach dem Kauf, so etwas kommt vor, ein Arbeitskollege hat das durchgemacht, jahrelang hatte er mit seiner Freundin in einer Wohnung gelebt, dann kauften sie sich ein Haus, und die Beziehung zerbrach. Veränderungen muss man ganz vorsichtig einleiten, sonst gerät das Leben, ohne dass man es merkt, aus dem Lot.

Wassertropfen gleiten die Scheibe entlang, mit dem Zeigefinger könnte Schwitter ihre Bahn nachfahren. Der Regen ist stärker geworden, er schaut genau hin, folgt mit den Augen den fallenden Tropfen, ihre regelmäßige Anordnung fällt ihm auf, wie an Schnüren sind sie aufgereiht. In letzter Zeit haben sich viele seiner Kollegen ein Häuschen oder eine Wohnung gekauft, mit dem Alter steigen Lohn und Ansprüche, oder eine Erbschaft will sinnvoll angelegt werden. Und er kennt ein paar, die haben die Schweiz verlassen, weil es die Arbeit erforderte. Schwitter beneidet beide um ihre Entschlusskraft – die gegangen sind und die sich fest eingerichtet haben.

Da vermag Schwitter einzelne Schneeflocken zu erkennen, unruhig treiben sie durch die Luft. Frech mischen sich die Kristalle unter den Regen, aggressiv kommen sie ihm heute vor, zeigen ihre scharfen Kanten, stoßen ins feindliche Terrain vor, ein frontaler Angriff, ohne Deckung, prompt wird die Vorhut zerrieben, auch nachrückende Einheiten werden zurückgeschlagen, die Tropfen haben ihre Abwehrlinien formiert, Wälle, Sperren und Gräben angelegt, locken in Hinterhalte, lassen Geschosse platzen, bringen zum Schmelzen, was sich ihnen in den Weg stellt, und schwemmen es weg, die Flocken aber geben nicht auf, für jeden gefallenen Soldaten stellen sich drei neue dem Kampf, Welle um Welle rollt heran, begünstigt vom Wind stoßen immer neue Verbände nach, schon stehen die Kristalle kurz davor, die Übermacht zu erringen, doch plötzlich stoppen sie den Eroberungszug, es geht ihnen nicht um den Sieg, es genügt ihnen, die Hälfte des Geländes eingenommen zu haben. Es fällt jetzt ebensoviel Schnee wie Regen, das Gleichgewicht der Elemente ist hergestellt, das Ziel des Angriffs erreicht, und so abrupt, wie der Kampf begonnen hat, geht er zu Ende, die Waffen werden niedergelegt, die Fronten lösen sich auf, Ruhe kehrt ein, fest und flüssig, in diesem Moment halten sie sich die Waage, die Konturen sind gebrochen, die Umrisse verwischt, das Ungefähre dominiert, alles ist in der Schwebe.

Von außen wirkt sein Leben stabil, seit über fünfzehn Jahren die gleiche Wohnung, seit zehn Jahren bei der gleichen Bank. Dass er vor drei Jahren gekündigt hat, wissen die wenigsten, wer arbeitet heute noch länger an einem Ort. Er fuhr nach Malaga, um Spanisch zu lernen, dann meldete er sich bei einer Temporärfirma, nicht wegen des Geldes, er hat Reserven, so kam er zu Caritas, vor dem Verhungern konnte er niemanden retten, er saß einen Monat vor einem Bildschirm und überprüfte Mitgliederadressen. Beim dritten Einsatz, der ihm vermittelt wurde, kam er zu seiner alten Bank, in die gleiche Abteilung, sie hatten seine Stelle noch nicht besetzt, scheint Ihr Schicksal zu sein, meinte die Frau vom Personaldienst. Er fühlte sich frei, Kündigungsfrist nur eine Woche, er konnte jederzeit wieder gehen, ohne zu sagen, weshalb. Und er hatte einen neuen Chef bekommen, fünf Jahre jünger als er.

Schwitter hat nie viel geredet bei der Arbeit. Wird im Pausenraum politisiert oder über abwesende Kollegen hergezogen, hört er zu, allenfalls bewegt er den Kopf ein wenig, um Zustimmung anzudeuten. Du kannst dich einfach nicht positionieren, sagt sein Chef. Was nicht nur am Bedürfnis nach Harmonie liegt, es fehlt ihm an Überzeugungen. Nach einem Jahr musste er sich fest anstellen lassen, die internen Regeln erlaubten keine Ausnahme, dein Know-how ist wichtig, sagte sein Chef, bringt Stabilität in unser junges Team, jetzt, wo alle auf den Absturz warten. Schon vorher hatte Schwitter wieder den gleichen Arbeitsplatz zugewiesen bekommen, neben dem Tisch stand der gleiche Gummibaum, und er übernahm die meisten seiner alten Kunden.

Auch mit Beatrice waren die Veränderungen nur vorübergehend. Zwei Glas Wein hatte er vor Aufregung schon getrunken in der Bar, als sie endlich gekommen war, hatte er sie zuerst nicht erkannt, sie trug ihre Haare offen, im kurzen Rock, den sie über der Jeans trug, wirkte sie größer als im Zug, ganz natürlich kam sie an seinen Tisch, hielt ihm die Wange für einen Begrüßungskuss hin, schön, dass du gekommen bist, sie duzte ihn ganz selbstverständlich, während er sich ihr Parfum einprägte. Dass er den ganzen Abend nicht gähnen musste, wertete er als gutes Zeichen. Als Beatrice sagte, sie hätte noch Hunger, war es bereits nach Mitternacht. In den folgenden Wochen verzichtete er auf eine Reservation, wenn sie abends etwas essen gingen oder in ein Konzert, sie fuhren ins Tessin, ohne ein Hotel zu buchen, es war nach Mitternacht, bis sie ein Zimmer fanden, direkt am See, sie fragten nicht einmal nach dem Preis, als Beatrice die große Badewanne sah, ließ sie Wasser einlaufen, ob andere schon schliefen, war ihr egal, und er sagte nichts, sondern zog sich ebenfalls die Kleider aus. Am Montag darauf kam er zu spät ins Büro, ihr Auto war kaputtgegangen. Und dann eines Abends, sie hatten zusammen gekocht, da räumte er die bereits halbgefüllte Geschirrspülmaschine aus, griff nach den schmutzigen Tellern und stellte sie auf die Abdeckung, was machst du da, fragte sie, dabei konnte sie genau sehen, was er tat. Die Teller, sagte Schwitter, der Größe nach,

Löffel und Messerklinge nach oben, wird sauberer so und geht erst noch schneller beim Ausräumen. Auch für ihren Kühlschrank begann er Verantwortung zu übernehmen, aß Wurstwaren, Streichkäse und was sonst noch vor dem Verderben zu retten war. Wer die Kontrolle über die kleinen Dinge des Alltags verliert, hätte er ihr sagen können, dem droht früher oder später alles zu entgleiten.

Was machen Sie in diesem Sessel? In Ihrem Zustand gehören Sie ins Bett. Die Sätze, hell an den Wänden aufschlagend, zielen auf Schwitter. Bloß weil er ein bisschen ins Wetter versunken ist. Er bleibt sitzen, stellt sich schlafend, wartet darauf, eine fremde Hand auf seiner Schulter zu spüren, Rascheln der Bettdecke, Herr Schwitter, aufwachen, bereits freundlicher im Ton, ich bringe Ihnen das Mittagessen, Sie haben ganz glänzende Augen, sagt sie, wir sollten nochmals Fieber messen, kann nie schaden, Sie gehören wirklich ins Bett, denken Sie an Ihre Bronchien, ich habe das Essen bereits auf den Serviertisch gestellt. Sie greift nach der Decke und legt sie aufs Bett zurück. Hätten Sie vielleicht noch Zeit, mir dieses Gerät hier zu erklären, fragt Schwitter, bevor die Pflegerin geht, nur ganz kurz, tut mir leid für die Umtriebe, ich habe dummerweise geschlafen, als es gebracht wurde, dabei hätte ich schon längst mit Inhalieren beginnen sollen. Das kann warten bis zum Nachmittag, sagt sie, essen Sie jetzt, das wird Ihnen guttun. Was ist mit der ärztlichen Verordnung, möchte Schwitter entgegnen, man kann sich doch nicht einfach darüber hinwegsetzen, zehn Uhr ist zehn Uhr, und am Nachmittag ist Visite. Doch schon ist er wieder allein.

Der Professor wird überrascht sein, wenn er ihm den Fuß zeigt. Schmerzt noch immer, wenn er ihn bewegt, die Schwellung ist unverändert, vielleicht ein Bänderriss, so etwas muss schnell operiert werden, da darf man vorher nichts essen. Er fragt sich, ob sie ihm in diesem Fall einen Einlauf machen oder versuchen würden, den

Magen auszupumpen. Aber vielleicht ist nur etwas angerissen oder verstaucht. Bald kommt er an sein Bett, der Herr Professor, spricht ein paar einleitende Sätze, um dann, wie beiläufig und übertrieben freundlich zu sagen, nun erzählen Sie mir doch etwas von Ihrem Ausflug, Herr Schwitter, wie darf ich mir Ihre Wanderung vorstellen? Hartköpfig tun, das bringt nichts in solchen Situationen. Er kennt diese Ärzte, die beherrschen die Interviewtechnik, blitzschnell wechseln sie zwischen ernst gemeinten und in den Raum geheuchelten Fragen, verstehen es zu drohen, stellen Fallen, reden suggestiv. Lieber kooperieren, sich ein bisschen redselig zeigen, erzählen, was einem in den Sinn kommt, kann ja niemand kontrollieren, war ja niemand dabei.

Kurz und knapp: Ein harmloser Ausflug, mit dem Zug nach Einsiedeln, von dort rasch durch das Dorf, am Marienbrunnen vorbei, am Johannisbächli entlang und gleich in den Chlosterwald, hier nun biblische Gestalten vor Augen, wissen Sie, ich bin auf den Kreuzweg gekommen, der Professor nickt, er kennt den Pilgerpfad, führt steil in die Höhe, beim großen Kreuz kurz Luft geschöpft, ein schöner Blick aufs Klosterdorf, der aufgenagelte Jesus eigentlich zu beneiden um die Aussicht, schade, dass er die Augen geschlossen hält, *ein letzter Akt irdischer Liebe und Zärtlichkeit*, steht auf einem Schild, angesichts der Opferbereitschaft durchaus opportun, es sind schon für mindere Leistungen Tafeln aufgestellt worden, ist doch schön, wenn Erinnerung hochgehalten wird, ein faszinierender Gedanke, die Biographie eines Menschen von der Gedenktafel her zu denken, alles Streben auf diesen einen Satz zu bündeln, doch keine Ausschweifungen, die Lunge hat sich erholt, also weitermarschiert, bald darauf in den Regen gekommen, immer weiter, immer höher gestiegen, Schneeflocken unter dem Regen erkannt, etwas innegehalten, der Professor verzieht das Gesicht, kommt ihm wohl komisch vor, und kalt ist ihm geworden, er knöpft sich den Kittel zu, Sie schildern das so plausibel, sagt er, ich bin noch nicht fertig, es wird noch besser, aber toll, Ihr Einfühlungsvermögen, solche Zuhörer wünscht man sich, also weiter, an der Schneefallgrenze ins Staunen gekommen, wie sicher die Tropfen zu Boden gehen, wie leicht sich die Flocken geben, elegant, man könnte sagen anmutig, dabei Gefallen gefunden an dieser Verbindung auf Zeit, dabei auch ein bisschen über die Vergänglichkeit nachgedacht, wie rasch doch die ganze Pracht zerfällt, für einen Moment an eine stämmige Tanne gelehnt, dem Rhythmus der Tropfen gelauscht, darauf dann irgendwie und erstaunlich plötzlich in den Schnee geraten, schwer und knöcheltief.

Der Knöchel, das ist das Stichwort, an dieser Stelle wird er die Bettdecke mit Schwung zurückschlagen, der Professor wird Augen machen, die Blätter seines Rapportblocks werden flattern, und Schwitter wird mit fester Stimme sagen: Apropos Knöchel, könnten Sie bitte einmal meinen Fuß anschauen, irgendwie muss ich ihn übertreten haben, hier die Schwellung, gut zu erkennen, und warm fühlt es sich auch an. Das wird den Professor in Verlegenheit bringen, weshalb ist das keinem aufgefallen im Notfall, wird er denken, sollen schließlich gründlich untersucht werden, die Körper, die zu ihnen kommen. Vielleicht ist etwas abgesplittert, also gleich ins Röntgen mit dem Mann, Ende der Befragung, Schluss mit dem Examen. Heikel nur, wenn der Herr Professor die Schmerzen übergeht und fragt, wie ist es denn zu diesem Malheur gekommen, können Sie sich daran erinnern? Also, wohl oder übel, man kennt die Beharrlichkeit der Mediziner, den Faden nochmals aufnehmen: Kaltwind fegt durch den Wald, kurz eingenickt, und schon liegt die Landschaft weiß und weich vor einem, Erstaunen über den Temperatursturz, die Anstrengung, Mittag längst vorbei, Müdigkeit, ausdauernde Wanderer fällt sie von hinten an, ohne Schutz und Orientierung, ein Kompass wäre nützlich, mit Sackmesser und Thermosflasche ist nicht viel auszurichten, kurz überlegt umzukehren, doch statt lange nach Spuren zu suchen besser direkt ins Tal, die Höhenlinien schneiden, sich einem Bachbett anvertrauen, in einer unruhigen Bahn führt es hinab, achtgeben auf die Steine, die unter dem Schnee liegen, stur weiter, die Schritte nicht zählen, das Tobel nimmt kein Ende, dabei ist bereits viel Höhe vernichtet, müsste wärmere Luft vorherrschen, Regen statt Schnee, der Bach müsste eine Fahrstraße kreuzen, doch immer weiter, man möchte sich kurz hinsetzen oder gar umkehren, in bekanntes Gebiet zurück, aber nichts da, die Gedanken ans Aufgeben verscheuchen, weiter, die Schritte zählen, ein, zwei, drei, bis fünfzig, kurz stehenbleiben, nochmals bis fünfzig und nochmals, jeder Bach gehorcht der Schwerkraft, auch dieser, also noch einen Schritt und noch einen. Und dann, ja, lieber Herr Professor, dann ist es doch passiert, nicht auf die Füße geachtet, auf einem Stein ausgerutscht, lag unter dem Schnee verborgen, eingeknickt, das Gleichgewicht verloren und hingefallen.

Tannengrün und Spielzeugrot sind verblasst, der Park liegt in schwarzen und weißen Tönen vor ihm. Er steht am Fenster und kann mit seinen Augen die Wiese durchmessen. Wieder hat er geschlafen, wieder hat er es verpasst, als aufgeräumt wurde. Der Inhalierapparat ermahnt ihn an die versäumte Therapie, nicht einmal das Fieber wurde gemessen. Was hatte die Schwester gesagt, als sie das Essen brachte, das wird ihnen guttun? Hat sie gemeint, damit werde er für die nächsten paar Stunden Ruhe geben? Ein Beruhigungsmittel in die Bouillon zu geben, das wäre ihr zuzutrauen, wäre allen hier zuzutrauen. Aber das lässt er sich nicht gefallen, gegen seinen Willen versetzt ihn niemand in den Schlaf, das wird jetzt sofort gemeldet. Er zieht sich am Griff hoch und drückt die Klingel. Seine Halsschlagader pocht aufgeregt, der Kreislauf ist überrascht von der Entschlossenheit, mit der Alarm geschlagen wurde. Aus einem Impuls heraus hat er es getan, es hat ihn keine Überwindung gekostet. Im Abteilungszimmer wird nun ein Warnton erklingen, die Schwestern blicken sich an, eine schreckt auf, dann ihre Schritte, rasch kommen sie näher. Er hält die Luft an, um kein Geräusch zu verpassen, das von draußen zu ihm dringt. Doch nichts ist zu hören, als wären alle nach Hause gegangen, als hätten sie ihn vergessen. Er könnte ersticken, nach Luft ringen, wie Schindler damals, Mund und Augen aufgerissen, am Bettrand sitzend, die Arme aufgestützt, in die Länge gezogene Geräusche beim Ausatmen, nur unterbrochen, wenn er etwas Luft einzuziehen versuchte, immer wieder das Husten, kraftlos, wie in Zeitlupe gedehnt, allein das Zuhören rief Schmerzen hervor, zu Beginn waren ein paar unverständliche Worte zu hören, Panikgeflüster. Schwitter musste helfen, er hatte bereits die Glocke betätigt, aber das war zu wenig, er griff nach dem Plastikbeutel, in den sein Wundwasser abfloss, stand vorsichtig auf, trat auf den Gang, schrie, endlich eilte eine Schwester herbei, kurz darauf ein Arzt. Eine Spritze sollte Linderung verschaffen, erst nach der dritten oder vierten aber kehrte Ruhe ein, Morphium, beantwortete die Schwester Schwitters fragenden Blick, dann schob sie das Bett aus dem Zimmer. Als Schindler am übernächsten Tag wieder zurückgebracht wurde, waren seine Gesichtszüge weich. Er brauche sich nicht vor dem Ersticken zu fürchten, habe ihm der Arzt erklärt, sagte er, alles sei eine Frage der Medikamente, hier verstehe man es, die Atmung ins Gleichgewicht zu bringen, in der richtigen Dosierung ließe sich selbst hartnäckigste Atemnot verjagen, seine Erregung werde sich schnell legen, da könne er sicher sein. Zwei Wochen später war er dann friedlich eingeschlafen, so stand es in der Todesanzeige.

Er wundert sich über die ausgesparten Kreise unter den freistehenden Bäumen, wie Schattenwurf heben sie sich vom umgebenden Weiß ab. Bald werden Kinder nach draußen drängen, um Schneemänner zu bauen, die Eltern werden von ihren Wohnzimmern aus zusehen und lächeln. Freude am Schnee wird gern gesehen. Eine kleine Verschiebung seiner Präferenz, eine Abkühlung um ein paar Grad, vom Schneeregen in den Schnee gewechselt, und schon wäre sein Ausflug als harmloser Zeitvertreib durchgegangen. Er sei dem Schnee gefolgt, da käme niemand und würde Fragen stellen, ein Unglück wittern, nur weil er sich an einen Baum gelehnt und, in Beobachtungen versunken, die Zeit vergessen habe. Ein Mensch, der sich für Pulverschnee interessierte, fiele niemandem auf, ein Mensch, der sich im lockeren Neuschnee herumtriebe, wäre keinem suspekt. Glitzerschnee ist nicht anrüchig. Am Glimmer, an himmlischer Verzuckerung könnte er sich unbehelligt freuen, eine Neigung zum Kitsch wird gern gesehen, würde auch bei Schwitter gern gesehen. Aber ihm wird ganz Sturm ob dem Geflunker.

Warum nur haben sie ihm den Gruber weggenommen? Der blühte doch völlig auf, kaum dass er von der Exkursion zu hören gekriegt hatte. Wer weiß, wie lange dem schon nichts Richtiges mehr erzählt worden ist, wird einem ja ausgetrieben hier, machen Sie mir keine Geschichten, heißt es nur, wenn man scheu den Wunsch äußert, im feuchten Gras kneipen zu wollen. Schade um den Gruber, der hätte noch einmal etwas erleben können, ja nützlich machen hätte er sich können, am Fenster stehen, aufpassen mit einer Gewissenhaftigkeit, die ihm zuzutrauen war, so etwas spürt man intuitiv, wenn man sich auf jemanden verlassen kann. Hier oben am Fenster, es gibt keinen besseren Beobachtungsposten, Ausblick bis in die nächste Geländekammer. Was immer sich ihnen nähern sollte, sie würden es kommen sehen. Den Wachplan hat Schwitter schon im Kopf, alle vier

Stunden wird tagsüber der Posten gewechselt, in der Nacht schon nach zwei Stunden. Er war nicht umsonst bei der Fliegerabwehr gewesen, hatte sich zum Beobachter ausbilden lassen, feindliches Flugobjekt Richtung drei Uhr, hörte er sich erregt ins Funkgerät schreien. Gruber, der hätte das rasch begriffen, einen tadellosen Wachbetrieb hätten sie aufgezogen zusammen, kein Tropfen wäre zu Boden gegangen und keine Flocke, ohne dass sie es im Journal vermerkt hätten.

Denken die eigentlich, mit seiner Lunge sei schon alles wieder in Ordnung? Ein bisschen im Bett liegen und alles werde gut? Nicht mit ihm. Wenn er schon einmal hier ist, hat er Anrecht auf eine angemessene Behandlung. Inhalieren ist das Mindeste. Er kann schon etwas nachhelfen, und so humpelt er ins Bad, kontrolliert seine Uhr, zieht das Nachthemd aus, steigt in die Dusche, dreht den Hahn auf. Der Strahl trifft ihn, es ist nicht unangenehm, doch jetzt wird das Wasser kälter, reflexartig verschränkt er die Arme vor der Brust, er darf es sich aber nicht zu leicht machen, lässt die Arme wieder hängen, nun spürt er, wie sich sein Brustkasten verengt, er muss kräftiger atmen und bekommt doch kaum Luft, sein Herz schlägt schneller, es fällt ihm schwer, ruhig stehenzubleiben, lieber würde er mit den Füßen stampfen, das heißt mit dem einen, unversehrten, und mit den Armen rudern, um die Zirkulation anzuregen, aber er bleibt stehen, atmet angestrengt, bis ihm schwindelt, er tastet mit der Hand nach dem Seifenspender, hält sich fest, versucht an den Ausflug zu denken, als wäre der Duschschwall ein Regenschauer, er steigt in die Höhe, will an die Wettergrenze gelangen, immer höher, bis kältere Luft herangetrieben wird, dem Wind ausgesetzt steht er da, beißt auf die Zähne, hält die Augen geschlossen, eine viertel Stunde, eine halbe Stunde. Irgendwann piepst seine Uhr, seine Lippen sind jetzt blau, das Gesicht weiß, im Spiegel blicken ihn geweitete Augen an. Die Ellenbogen und die Handgelenke schmerzen, als er sich abtrocknet.

Wieder der Husten, das Aufbegehren, der Schleim. Diesmal will Schwitter den Behälter gleich selber ausspülen. Vor dem Waschbecken stehend, fallen ihm die Stoppeln auf, auch dort, wo er sich am Morgen rasiert hat, wachsen sie nach. Die Trennlinie zur unrasierten Seite verliert sich, er ist froh, wenn sich die beiden Gesichtshälften wieder zusammenfügen. Am Kinn bemerkt er eine leichte Rötung, der Schnitt, er hat ihn vollkommen vergessen. Dabei ist der Spalt noch immer gut zu sehen, die Wunde nicht geschlossen. Fährt er mit den Fingern darüber, spürt er die Vertiefung deutlich. Ein leichtes Brennen, wenn er den Daumen darauf presst, kreisförmig breitet es sich aus. Er wartet, atmet regelmäßig, betrachtet den Riss. Schmerz würde er es nicht nennen, es ist eine leise Irritation, schwach, aber beständig und gerade deshalb beunruhigend. Offenbar hat sich das Gewebe entzündet, und keinem ist es aufgefallen. Wozu ist das Personal ausgebildet, wenn es gefährliche Verletzungen nicht von harmlosen Kratzern unterscheiden kann?

Alles nur Theater, das Spital eine Bühne, ein paar Schauspielschüler genügen, um Schwung in die Klinik zu bringen, die Rollen sind rasch verteilt, Sprechtexte werden keine abgegeben, alles soll beim Proben entstehen, so natürlich wie möglich, aus der Situation heraus, die Pflegeroutine nimmt ihren Lauf, lüften, betten, waschen, harmlose Behandlungen vorspielen, Fieber messen, Puls ertasten, Essen reichen, ein paar zufällige Berührungen, doch das wichtigste Organ der Pflegerinnen sind ihre Augen, sie fragen, kontrollieren, suchen Gewissheit, manchmal warten sie aber auch nur, damit man sich für ein paar Momente ausruhen kann darin. Echt sind hier nur die Patienten, sie können ihre Rollen nicht auswählen, ja sie werden nicht einmal gefragt, ob sie beim Spektakel überhaupt mittun wollen. Und was heißt Patienten? Um gesunde Menschen handelt es sich, im Schlaf hat man sie überrascht, aus dem Alltag gerissen mit fragwürdigen Diagnosen, in ein desinfiziertes Zimmer gesteckt und in ein Spitalhemd. Über allem strahlt Schwesternweiß. Es braucht keine Ärzte, um Spitalatmosphäre herzustellen. Mit einer Visite zu drohen, genügt, die Angst vor der Konfrontation hält lange genug an, um das Stück mehrmals durchspielen zu kön nen.

Was Beatrice in seinem Gesicht gesehen hat? Langweilig ist es geworden, geglättet durch sein jahrelanges Bemühen um Zustimmung. Für kurze Zeit verweist der Schnitt auf Eigensinn, aber die Spur der Klinge wird sich verlieren. Finanzielle Sicherheit, es gab keinen anderen Grund, der für ihn sprach, sie arbeitete als freie Lektorin, kein geregeltes Einkommen, keine Vorsorge, den Risiken von Unfall, Krankheit und Alter ausgeliefert. Er vermied es, die völlig ungenügende Absicherung anzusprechen. Ein Jahr mit einem Wohnmobil durch Europa, eine Wohnung mieten in einer Stadt, in den Bergen – sie sprachen über die Zukunft, und die Strapazen schienen ihm wieder gerechtfertigt, sich am Samstag aus dem Bett zu stemmen, sich zwischen Morgenmantel und Trainingsanzug zu entscheiden, er konnte die Unsicherheit ertragen, ob er sich Tee oder Kaffee machen sollte. Es genügte, wenn ihm Beatrice von einem kleinen Haus erzählte, über das sie in einer Zeitschrift gelesen hatte, und er spürte Energie, von der er zehren konnte, wenn er sich anschließend wieder ins Bett legte.

Beatrices Zimmer, er sah es deutlich vor sich, hell und ordentlich war es, das Fenster nahm fast die ganze Breite des Raumes ein, auf dem Boden die Matratze und ein dicker weinroter Teppich. Schwitter lag auf dem Rücken, wartete, dass sie aus der Dusche zurückkam. Birkenblätter schwebten draußen vorbei, der Wind, der sie trug, drang durchs Fenster. Dabei waren sie nicht betrunken gewesen gestern, sie hatten sich noch einen Teller Spaghetti geteilt im Commercio und etwas Wein. Und dann hatten sie ein Taxi bestellt, Beatrice hatte sich zum Fahrer vorgebeugt und ihre Adresse genannt. Das sind ja nur zwei Häuserreihen, wurde der Fahrer laut, dafür bin ich doch nicht mitten in der Nacht durch die ganze Stadt gefahren, Beatrice überhörte es, auch die Aufforderung, auszusteigen, und was er sonst noch sagte. Schwitter schloss die Augen und drückte ihre Hand, die in der seinen ruhte.

Wasser rauschte. Obwohl sich die Dusche am anderen Ende des Ganges befand, war es Schwitter, als verliefe die Leitung direkt durch das Zimmer, sanft und verschwommen war der Klang, als strömte Gas aus. Wie lange sie duschte, längst müsste jemand vom Haus an die Tür poltern, damit Beatrice endlich damit aufhörte. Wie, hatte er sie gefragt, hältst du das aus hier, ohne eigenes Bad? Ich dusche mich nicht jeden Tag, hatte sie geantwortet und ihn auf den Mund geküsst. Er hätte Kaffee machen können, sich anziehen, frische Brötchen holen. Aber vielleicht ging sie lieber in eines der Cafés im Quartier. Er blieb liegen. Von den andern im Haus war noch nichts zu hören, keine Stimmen, kein Scheppern von Geschirr, nicht einmal ein Radio. Sind alles Studenten, hatte Beatrice gesagt, kommen vom Land, aus den Bergen, nach ein paar Monaten ziehen sie weiter, sobald etwas frei wird bei Studienkollegen, die sie in der Zwischenzeit gefunden haben. Am Boden liegend, konnte er Beatrices Bücher im Regal zählen, breite, schwere Lexikonbände. Fünfunddreißig Stück. Das ist mein ganzes Kapital, hatte sie gesagt. Er brauchte nur zu warten, bis das Rauschen aufhörte, dann würde sie, die nassen Haare im Gesicht, ins Zimmer zurückkommen, und ihre Haut wäre warm und weich.

Jetzt, in diesem Wald liegend, war wieder alles da. Er hielt Augen und Ohren offen, der Rest geschah von selber, das heißt, der Wind wurde stärker, das Rauschen auch, die Wasserleitung, sie musste ganz nahe sein, Hitze stieg in ihm hoch. Sie könnten es nochmals versuchen, er wäre bereit, von vorne beginnen, sich im Zug begegnen, mit den Augen tasten, Herbstfarben vor dem Fenster, die Ungeduld beim Fotografieren. Noch einmal würde er zu dieser Frau schauen, sich unverfängliche Fragen ausdenken, während sie alles Sichtbare an sich zog mit ihrer Kamera, die Zeit zerteilte, wenn sich der Verschluss kurz öffnete und gleich wieder schloss, wie eingespielt sie sich in die Hände arbeiteten beim Wechseln des Films, als wären sie seit Jahren ein Paar, und doch war es nicht mehr als eine flüchtige Verbindung, jeder Augenblick zählt, ein Windstoß reicht, eine Handbewegung, ein gedankenlos ausgesprochenes Wort, und sie werden auseinandergetrieben.

Der Schwitter im Spital, das wird die Runde machen in der Bank. Bleibt ein paar Tage zur Analyse, wird der Chef sagen. Er freut sich auf den Tag, wenn er zurückkommt, dann kann er einmal etwas erzählen, endlich Eindruck machen mit einer Geschichte, genau wie seine Kollegen, jeden Montag hausieren sie mit ihren Wochenenderlebnissen, immer in den höchsten Tönen, den schönsten Farben. Schwitter, um solches zu vermeiden, trifft sich gleich um halb acht Uhr mit dem ersten Kunden. Wenn er sich danach an seinen Platz setzt, sind die Schilderungen zu Ende. Der risikofreudige Imhof wird morgen vergebens in die Bank kommen, und womöglich schickt ihn sein Chef diesmal tatsächlich an den Schalter, damit man ihm dort einen Prospekt in die Hand drückt und er die verschiedenen Fonds zu Hause studieren kann. Und wenn Imhof morgen Neuigkeiten zu berichten hat, Aussicht auf die Erbschaft, der Vater im Spital, ein Hirnschlag vielleicht, der Aufstieg in eine bessere Anlegerkategorie vor Augen? Vollständig ist sie noch, die Familie Imhof, da ist sich Schwitter sicher, denn ihm entgeht keine Todesanzeige, auf der ein Kunde unter den Angehörigen aufgeführt ist. Das hat er Vater zu verdanken, alle waren sie darin geschult worden, die Ankündigungen in der Zeitung genau zu studieren. Als Aktuar des Turnvereins war Vater dafür verantwortlich, die Adresskartei à jour zu halten, manchmal las er die Anzeigen beim Frühstück vor, und der Rest der Familie musste Alter und Beruf der Verstorbenen erraten.

Schlimmer als Montagmorgen ist nur die Rückkehr aus den Ferien. Auch von Schwitter wird dann ein Bericht erwartet, und jedesmal denkt er sich vor dem ersten Arbeitstag etwas aus. Die besten Erfahrungen hat er mit Strandferien in Spanien gemacht, darunter können sich alle etwas vorstellen, aber niemand will Genaueres wissen. Die Mittagszeit verbringt er in der Regel vor dem Computer. Am besten ist sein Verhältnis zu den Praktikanten, ab und zu schließt er sich ihnen an, wenn sie sich ein Sandwich kaufen oder ein Stück Pizza. Dann setzen sie sich irgendwo hin, und er hört zu, wie gelassen sie über ihre Zukunft reden. Nach ein paar Wochen wechseln sie in eine andere Abteilung.

Letzte Woche ist eine Kollegin verabschiedet worden, in einer Bar in der Innenstadt. Er stand teilnahmslos an der Theke, versuchte dem Gespräch zu folgen, vom Spesenreglement war die Rede, die Frau wechselte zu einer anderen Bank, da galt es Vergleiche anzustellen, über den Geschäftswagen war man sich uneinig, klar war nur, dass der Leasingbetrag, der ihr zustand, voll ausgeschöpft werden musste. Schwitters Augen wanderten zu drei Geschäftsleuten in seinem Alter, sie waren nicht von seiner Bank, saßen in einer Ecke, hatten Weißwein bestellt und gaben sich entspannt in ihren dunkelgrauen Anzügen, redeten lebhaft durcheinander. Zu verstehen, worüber sie sprachen, war nicht nötig – Schwitter imponierte die Art, wie sie sprachen: Keiner führte das Wort, keiner hörte ehrfürchtig zu, das waren keine subalternen Berater oder vom Erfolg verwöhnte Verkäufer, die Zuhörer für ihre Geschichten suchen, die Stimmen der drei waren gleichwertig, als würden sie eine Fuge sprechen, wahre Mehrstimmigkeit, wie er sie auf dem Klavier nie erreicht hatte. Da räusperte sich sein Chef, ein paar offizielle Worte, begann er zu reden, doch Schwitter musste ständig zu den andern blicken, wie ernsthaft sie argumentierten, wie befreit sie im nächsten Augenblick lachten, deine originäre Art, sagte sein Chef, es ist ja immer diffizil, zur Konkurrenz zu wechseln, aber in der heutigen Situation natürlich evident, wer weiß, was noch alles kommt, etwas Bedauern dann noch und auch Zuversicht, ein Blumenstrauß und dann Händeklatschen, für Schwitter das Zeichen, den Blick seines Chefs zu suchen, aufmerksam zu sein, um sich im rechten Moment beeindruckt zeigen zu können vom Gesagten, dann endlich konnte er sich wieder abdrehen, einer der drei Männer war gerade daran, ein paar entschiedene Sätze ins Telefon zu sprechen, sie bezahlten, standen auf, ein kleines Handzeichen hatte genügt, damit ihnen der Kellner die Rechnung brachte. Schwitter war es gewohnt, lange zu warten, oft musste er aufstehen und mit dem gestreckten Arm winken, damit er bedient wurde.

Die werden staunen in der Bank. Kurzer Spitalaufenthalt, großes helles Zimmer, Blick in den Park, dahinter die Berge, vom verhangenen Himmel braucht er nichts zu sagen, vielleicht etwas über den Professor, Visite vom Chefarzt persönlich. Nach der Einleitung wird sein Bericht lebendig, er muss nichts dazuerfinden, nicht ausschmücken, braucht nur zu erzählen, wie er in den Schneeregen gerät, wie er sich den Knöchel übertritt, wie der Fuß heiß wird, wie er sich aufrichtet, wie er nun schnell atmet, wie er sich weiterschleppt durch den Schnee, wie er an einen Weg gelangt, wie er sich hinlegt, wie er sich auf den Rücken dreht, wie er in die Wolken blickt, zwischen den Bäumen hindurch, wie ihm Schnee und Regen entgegenfliegen, wie die Tropfen auf sein Gesicht fallen, wie sich die Flocken sanft dazwischenmischen, wie die Bewegung immer langsamer wird, bis sie in der Luft still stehen und er die Teilchen zählen kann, eines nach dem andern.

Sie wollten zusammen nach Rom fahren, nur für einen Monat, wollten ausprobieren, wie das wäre in der Stadt, um später einmal richtig zu verreisen, für ein Jahr oder auch länger, sie hätten eine Wohnung suchen können oder wenigstens ein Quartier, das in Frage kam, Beatrice hatte dort eine Freundin, das hätte es einfach gemacht. Vielleicht lag es am Wein, dass er etwas grob wurde, vielleicht an den Strapazen, denen er in Rom ausgesetzt gewesen wäre, aus Dutzenden von Cafés und Bars hätte er ein paar für sich bewohnbar machen, den Tag mit wiederkehrenden Beschäftigungen ausfüllen müssen. Was fällt dir ein, schrie er, als sie ihm das Zugticket zeigte, Schlafwagen bis Rom, *Euronight Luna*, dabei hatten sie das Datum noch gar nicht definitiv abgemacht, er hatte nochmals seinen Chef fragen wollen, ob er wirklich für einen ganzen Monat wegfahren könnte, angesichts der Turbulenzen keine Selbstverständlichkeit, und jetzt hatte sie alles gebucht. Ich weiß gar nicht, weshalb wir über diese Dinge reden, fuhr er sie an, wenn du alles selbst entscheidest, du organisierst mein Leben, als wäre es deines. Ihr Gesicht wurde hart, als wüsste sie bereits, dass sie nie mehr im gleichen Zug reisen würden. Was ist mit dem Hotel, fragte sie, wozu haben wir das gebucht? Er sagte nichts, sah sie an, suchte jene Spur von Verletzlichkeit in ihren Augen, in die er sich verliebt hatte damals im Zug. Das Zimmer war erst provisorisch, sagte er, der *Campo dei Fiori* vielleicht doch nicht der richtige Ort, zu touristisch, zu laut, und hast du dir überlegt, wie kalt es in Rom sein kann Anfang Jahr, das hältst du nicht aus ohne Heizung. Argumente dagegen lassen sich immer finden. Natürlich möchte ich mit dir nach Rom, sagte er noch, was nicht gelogen war.

Es wäre ihm lieber gewesen, sie hätten ohne Vorwurf auseinander gehen können. Beatrice hätte ihm einfach abhanden kommen sollen. Beim Besuch einer Ausstellung etwa, er stellt sich vor, wie sie im Kunsthaus zusammen an den Bildern entlang schlendern, wie sie ihm die Werke erklärt, wie er ihr zuhört, bis sich im nächsten Moment die Wirklichkeit um ein paar Zentimeter verschiebt, bis Beatrice nicht ihm, sondern einem fremden Besucher den Arm um die Schulter legt, wie sie ein paar belanglose Worte zu diesem fremden Mann sagt, der sich zwischen sie geschoben hat, wie ihm der Fremde durchaus ähnlich sieht, so dass die Verwechslung nicht sofort auffallen muss, wie der Mann den Irrtum vielleicht bemerkt, aber nicht reagiert, wie die beiden sich vom Besucherstrom treiben lassen, zum nächsten Bild, in einen anderen Raum, schließlich das Museum als Paar verlassen, wie sie, statt sich beschämt das Versehen einzugestehen, nur schmunzeln und Arm in Arm die Straßenbahn besteigen und Schwitter alleine beim Ausgang zurücklassen, der ihnen vorsichtig gefolgt ist, ohne einzugreifen. So sollten Beziehungen zu Ende gehen, einander ziehen lassen, sich treiben lassen, fortgetragen werden. Wenn sich dann ein Gefühl von Einsamkeit einstellen sollte, könnte man dem Wind die Schuld geben und dem Wetter.

Was ihm blieb, waren die Aufnahmen, über hundert Fotos, die meisten unscharf, von der Geschwindigkeit verzogene Strommasten, verwackelte Häuser, Wiesen, immer wieder Bäume, Alleen, Herbstwälder, Wolken am Himmel, die Segelboote auf dem Obersee als zittrige weiße Dreiecke, die Autos farbige Punkte. Er sah auf die Abzüge und versuchte sich vorzustellen, wie Beatrice die Kamera mit ihren dünnen Fingern gehalten, wie sie ihr Auge hinter dem Sucher bewegt hatte. In diesem Moment waren sie zusammen gewesen, hatten die gleiche Luft geamtet, und wenn der Zug bremste oder über eine Weiche holperte, waren sie den gleichen Schwingungen ausgesetzt. Er wollte wissen, woran sie beim Betrachten der Landschaft gedacht hatte, weshalb sie genau in diesem Moment den Auslöser betätigte, genau diese Scheune, jenen Baum festhielt, er suchte nach Details, versteckten Botschaften. Über Tage ließ er die Bilder auf dem Esstisch liegen, ordnete sie einmal nach Farben, am nächsten Tag nach Formen, später nach dem Grad der Unschärfe, gruppierte sie immer wieder neu, nahm eine Lupe zur Hand, um nach Zeichen zu suchen, und konnte doch nicht mehr als ihre Fingerabdrücke finden darauf.

Er zweifelt daran, ob Schnee und Regen, die vor dem Fenster niedergehen, wirklich sind. Vielleicht stellt er sich alles auch nur vor. Darf er seinen Augen denn noch trauen? Seit Stunden keine menschliche Stimme mehr, eine Ruhe, als wäre der ganze Stock, das ganze Gebäude menschenleer, geräumt wegen eines Bombenalarms oder weil irgendwo eine Gasleitung geborsten ist. Alle waren sie herausgeholt worden aus ihren Zimmern, die Pflegerinnen im Laufschritt durch die Flure, die Betten vor sich herschiebend. Nur ihn haben sie vergessen. Still ist es, so dick können die Mauern eines Spitalzimmers gar nicht sein. Sie warten darauf, bis sich alles dreht in seinem Kopf, bis er Stimmen hört und Dinge riecht, die nur noch in der Erinnerung existieren. Dabei hat er sich ganz ruhig verhalten, die Welt betrachtet, sich in Staunen versetzen lassen. Ob sie ihn dafür bestrafen, dass er den Gruber für eine Exkursion hat begeistern, ihn hat anstiften wollen zu einem kleinen Wagnis, seine leider schon angeschlagene Gesundheit noch ein bisschen zu strapazieren? Die können sich nicht vorstellen, wie gut es Gruber getan hätte, für ein paar Stunden aus diesem Loch zu kommen, Luft zu atmen, Licht zu sehen. Doch eines muss er ihnen lassen, die Vereinsamung, der er unterzogen wird, ist subtil, etwas Pflegeaufwand wird durchaus betrieben, aufräumen, Tee bringen, wobei sie darauf achten, dass er nichts mitkriegt. Kaum dass er einschläft, sich sein Atem verlangsamt, eilen sie herbei. Für die erforderlichen Handgriffe genügt ein kurzes Wegdösen.

Eine Sirene schreckt Schwitter auf. Die Sanitäter, sie müssen wieder einen holen, einen, der zu lange unter einem Baum gelegen hat, sich ins Delirium gesoffen oder eine Kurve verpasst hat bei der Sattelegg, die Passstraße ins Wägital will ausgereizt werden, man hat sich ja nicht vergebens für das stärkere Modell entschieden, eine ausreichende Leistungsreserve, hatte einem der Verkäufer geraten. Als er die Augen öffnet, sieht er einen Fleck auf dem Kissen, Speichel kann es nicht sein, nicht in diesem blassen Rot, Tränen unwahrscheinlich, braucht besonderes Wetter, bis sie fließen, die Flüssigkeit muss woandersher kommen. Er streicht mit den Händen über den Kopf, kontrolliert Ohren, Nase, alles trocken und unversehrt, auch kein Pickel an der Stirn. Beim Kinn stoßen seine Finger auf den Schnitt, er fährt ein paar Mal darüber, bis sich die Kuppen klebrig anfühlen. Sonderbar, da schneidet er sich beim Rasieren, und Stunden später erst beginnt sich die Wunde zu regen. Er spürt nichts, kein Brennen, keine Irritation, nur diese Feuchtigkeit. In einer Klinik kann sich der Körper mehr Zeit nehmen, die erwartete Reaktion zu zeigen. Vielleicht lässt sich die Heilung beschleunigen, wenn er die Wunde massiert, wenn er mit beiden Daumen die Haut auseinanderzieht und wieder zusammenpresst, wenn er mit dem Zeigefinger den Spalt zu weiten versucht. Sanfter Druck soll förderlich wirken auf die Zellteilung. Zu klingeln braucht er nicht, kommt ja doch niemand, überflüssig auch, die schwere Tür zu öffnen, auf dem Gang hin und her zu gehen und zu warten, bis sich eine Pflegerin zeigt.

Er würde gerne einmal mitfahren zu einem Verkehrsunfall. Nicht um Leben zu retten, nicht um das Opfer mit Blaulicht ins Spital zu fahren, falls überhaupt noch etwas auszurichten wäre. Er möchte am Unfallort bleiben, den Polizisten bei der Arbeit zusehen, wie sie Zeugen befragen, wie sie sich mit Kreide und Messband zu schaffen machen, um Brems- und Schlagspuren im Asphalt zu vermessen. Er möchte mehr wissen als das, was in der Zeitung steht, er möchte selbst die Straße nach Spuren einer Karambolage absuchen. Diese Kraft spüren, wenn Lebenslinien, die eben noch kontrolliert verlaufen waren und schnurgerade, plötzlich abreißen. Die Logik des Zufalls, er will sie verstehen, will jedes einzelne Glied einer langen Verkettung auseinanderhalten können. Kürzlich diese Kollision auf der Seestraße, da wäre er dem Unfalldienst gerne behilflich gewesen, einer war bei Rot über die Kreuzung gefahren, der Mann im anderen Auto hatte keine Chance, war noch vor dem Eintreffen der Sanität verstorben. Bei solchen Zusammenstößen entscheiden Sekundenbruchteile darüber, ob der eine Wagen exakt auf die Fahrgastzelle des andern prallt oder ob es erst am Heck zum Kontakt kommt. Die kleinste Verzögerung, und der Mann, 45jährig, Vater zweier Kinder, würde noch leben. Wir wollten noch so viel gemeinsam unternehmen und erleben, hatte die Witwe geschrieben, erschüttert und fassungslos muss ich viel zu früh und für immer Abschied von dir nehmen. Es braucht nicht viel Phantasie, um die Todesanzeigen mit den Unfallmeldungen in Übereinstimmung zu bringen, in den meisten Fällen genügen die Altersangaben. Wäre der eine vom Gas gegangen, um sich die Nase zu putzen, oder hätte der andere warten müssen, weil eine Frau mit ihrem Kinderwagen die Straße überquerte, die beiden Fahrzeuge hätten sich nicht berührt.

Ob der Mann klassische Musik hörte, als es krachte? Vielleicht weil er sich vor einem Qualifikationsgespräch entspannen wollte? Welche Farbe sah er, welchen Geruch nahm er wahr? Letzte Sinneseindrücke, bevor sie von inneren Bildern überlagert werden. Je großzügiger der Zwischenraum zwischen Erkennen der Gefahr und dem Aufprall bemessen ist, desto länger kann sich das Hirn damit beschäftigen. Vielleicht will man noch ausweichen. Man sollte nicht die Schuld am eigenen Tod tragen. Im letzten Moment seines Lebens zu realisieren, dass man einen Fehler gemacht hat, ist nicht gut. Das ist vielleicht der letzte Gedanke überhaupt. Selbst wenn man korrekt fährt, hat man keine absolute Gewissheit auf einen versöhnlichen Abgang. Immer schwelt da der Vorwurf, man hätte besser aufpassen müssen. Falls Schwitter im Verkehr umkommen sollte, dann möchte er von hinten überrollt werden.

Die Augen der Pflegerin eilen durch den Raum. Sie haben Fieber, sagt sie, ich hole Ihnen ein Medikament und frischen Tee, dann können Sie etwas schlafen, bis zur Visite. Immerhin brauchte er nicht zu wählen zwischen Pfefferminz oder Zitronenmelisse, Hagenbutte oder Kräutermischung. Einfach nur Tee. Aber er will jetzt nicht schlafen, er will mit ihr reden. Wie stellt sie sich das vor? Den ganzen Tag liegt er alleine im Zimmer, sagt kein Wort, das Sprechorgan ganz verstockt. Und dann kommt der Professor, und er soll flüssig daherreden. Hier nehmen sich die Ärzte noch Zeit für die Patienten, war ihm gesagt worden, er hat sich den Satz eingeprägt, auf Befehl soll er erzählen können, eine stimmige Geschichte wird erwartet, wenn da einer extra am Sonntag herkommt, sich den weißen Kittel überzieht. Die meinen, er könne den Herrn Professor unterhalten, wenn er seiner Phantasie etwas Lauf lasse, die Augen schließe, sich entspanne, den Gedanken nachwandere, zu den Gefühlen vorstoße, ohne zu zögern alles sage, was ihm durch den Kopf gehe und noch etwas mehr. Solche Befragungen kommen ihm bekannt vor, er müht sich ab, und der Therapeut hockt da und sagt kein Wort. Schwitter kann ausschmücken und dazuerfinden, soviel er will, den Professor kann er damit nicht beeindrucken. Der Professor kriegt noch viel aufregendere Berichte zu hören. Gegen die Realität vermag seine Phantasie nichts auszurichten, zu viel ist in Bewegung im menschlichen Körper, da wird gewuchert in den Organen, viel geht in die Breite, anderes schrumpft, verengt sich gefährlich, immer wieder auch der Verlust ganzer Körperteile, sie bleiben irgendwo auf der Strecke oder lösen sich auf allmählich.

Der Professor versteht es, seine Langeweile zu verbergen. Er tut interessiert, und doch ist er mit den Gedanken woanders. Ein Mindestmaß an Anteilnahme vorspielen, das muss jeder Arzt beherrschen, er kann nicht jedem Patienten sein ganzes Gefühlssortiment präsentieren. Wer schon alles in diesem Zimmer gelegen hat? Patienten, die ruhig und teilnahmslos auf Besserung warteten? Oder solche, die um sich schlugen? Spuren scheint niemand hinterlassen zu haben. Die Wand hinter dem Bett glänzt wie frisch gestrichen. Womöglich wird die Fläche, die mit den Händen zu erreichen ist, regelmäßig übermalt, oder es ist ein spezieller Anstrich, der sich mit Wasser abwaschen lässt. Soll ja vorkommen, dass man Blut oder Erbrochenes verschmiert. Er könnte mit seinem Wundwasser etwas malen, die Haut kneten und die hervortretende Farbe mit den Fingern verteilen, eine hellrote Zeichnung, dick und unruhig der Strich.

Was überlegen sich die Leute, ein Zimmer in diesem dreckigen Weiß zu streichen? Keine Farbnuancen, denen er nachspüren kann, endlos monoton die Fläche, abgesehen von ein paar Dellen, wo der Rolltisch oder der Sessel mit zu viel Schwung verschoben wurden. Eine Tapete wäre nicht schlecht, dann könnte er versuchen, ein paar Fetzen wegzureißen. Oder ein aufgemaltes Muster, dem könnte er nachfahren, seine Augen etwas bewegen. Am liebsten wäre ihm eine Holztäfelung, da ließe sich die Maserung studieren, die Jahrringe zählen, die sich an der Längsachse spiegeln. Wie Höhenprofile auf einer Landkarte, Senken, Gruben, Einbuchtungen, die zur Seite hin steil aufsteigen. Früher hatte er die Landschaften vermessen, wenn er krank im Bett gelegen hatte im Ferienhaus, pro Brett ein dünner Streifen, aneinandergereihte Rinnen, Gletschertröge im Kleinformat, Spuren paralleler Eisflüsse. Die Harmonie nur gestört durch Astholz, als hätten Meteoriten eingeschlagen, abgründige Räume, dunkle Energiefelder, an denen sich die Höhenlinien stauen. Die angeschnittenen Äste machten ihm Angst, als wären es die Augen von Insekten, die ihn beobachteten, hundertfach wurde er gemustert, wie er unter der Decke lag, sich nicht rühren durfte, Fieberschweiß auf der Stirn und auf der Brust ein Zwiebelwickel.

Reine Zeitverschwendung, die Visite. Sie sollten gemeinsam eine Exkursion unternehmen, da würde der Professor verstehen, wie es um ihn, Schwitter, steht. Was kümmert ihn der Knöchel, und erst seine Bronchien, man muss auf die Zähne beißen, sonst kommt man zu nichts. Eintauchen müssen Sie in diese Welt, erleben, sie erspüren, mit Haut und Haar. Die nächste Front kommt, Schneefallgrenze bis tausend Meter sinkend, ein paar Schritte in den Chlosterwald, und das Spektakel beginnt. Der Arzt braucht sich nicht um Schwitters Gesundheit zu sorgen, nur ein kurzer Ausflug, nur rasch dem Nasskalten etwas nachspüren, bloß einen Eindruck gewinnen, sich eine vage Vorstellung machen von dieser Welt. Die Wanderung, da kann der Herr Professor beruhigt sein, ist mit größtmöglicher Gründlichkeit vorbereitet, meteorologische Abklärungen sind getroffen, Route und Ausweichmöglichkeiten festlegt. Er denkt an alles. Ein paar Worte zur Vorbereitung, warme Kleidung unerlässlich, Gummistiefel, Regenschutz, aber keinen Schirm, auf keinen Fall einen Schirm. Man muss den Schneeregen auf sich wirken lassen. Und nur wenig trinken vorher, die Blase schonen, die Wanderung darf nicht durch Pausen unterbrochen werden. Proviant erübrigt sich, angesichts der Schönheit bleibt der Magen stumm. Der meteorologische Zauber wird seine Wirkung zeigen.

Der Professor blickt ihn erwartungsvoll an, lächelt verhalten, als wolle er sagen, wissen Sie, ich glaube Ihnen kein Wort, aber machen Sie nur weiter, die Geschichte gefällt mir. Schwitter übersieht es, seine einzigartige Methode, die muss er ihm erklären, ist wichtig, den Ablauf ganz genau beschreiben. Vom Schwelgen und Träumen, Herr Professor, hat noch keiner gelebt, auch im Schneeregen nicht. Ein gewisses Maß an Weltbezogenheit muss sein. Mit anderen Worten: Man muss haushälterisch umgehen mit den Kräften. Kein gedankenverlorenes Umherschweifen, nichts wäre unsinniger, als die ganze Körperwärme schon zu Beginn entweichen zu lassen. Deshalb immer daran denken: Bei Erreichen der Schneefallgrenze nur kurz stehenbleiben, die mit Wasser gesättigte Luft einziehen, bis Ober- und Unterkiefer erstmals aufeinander schlagen. Das ist das Zeichen, um weiterzugehen. Doch bevor Sie dem Schneeregen folgen können, müssen Sie den Niederschlag vermessen. Dazu steigen Sie so weit hoch, bis der Schnee in reiner Form fällt, bis die Flocken der Umgebungswärme gerade noch standzuhalten vermögen. Macht zwei- bis dreihundert Höhenmeter, für geübte Wanderer eine halbe Stunde. Vorausgesetzt, es geht steil genug bergauf. Im andern Fall droht wertvolle Zeit verloren zu gehen, wenn Sie kilometerweit harmlose Erhebungen vor sich haben, sanft gewellte Hügel, über die Sie schreiten müssen, bis Sie endlich vom Schneeregen in den Schnee kommen. Aber er hat die Topographie studiert, also rasch in die Höhe streben jetzt, geschwind bis in den reinen Schnee vorstoßen und, ganz nebenbei, die in die Glieder gefahrene Kälte vertreiben.

Hier halten Sie wieder inne, hier müssen Sie sich eichen, müssen Ihren Kompass justieren, müssen sich die meteorologische Demarkationslinie einprägen. Temperatur, Feuchtigkeit, Luftdruck, das sind die Parameter, aber bitte keine Instrumente, keine Wettergeräte. Das Gefühl bewahrt Sie davor, zu weit aufzusteigen nachher und vom Schneeregen versehentlich in ein Schneetreiben zu stolpern. Dann wäre alles vergebens. Jetzt können Sie sich in den Schneeregen abfallen lassen, die Vorbereitungen sind abgeschlossen. Der Professor mag es bereits ahnen, doch er muss es ihm in aller Ausführlichkeit erklären: Schneeregen ist nicht gleich Schneeregen. In ganz unterschiedlichen Ausprägungen kommt er vor, mal dominiert Regen, mal Schnee. Anmutig sind alle Formen, aber jetzt ist nicht Schwärmerei verlangt, begriffliche Klarheit ist es, was Sie brauchen, präzise Unterscheidungsmerkmale, an die Sie sich halten können. Nur so ist die Ausgewogenheit, die dieses Wetter in sich birgt, zu verstehen. Auf den ersten Blick mag der Fall ja klar sein, halb Schnee, halb Regen, dort wo beide sich die Waage halten. Aber was heißt halb Schnee, halb Regen? Man muss den Niederschlag studieren, um tiefer zu kommen, auf Überraschendes zu stoßen, man kann, etwas Ausdauer vorausgesetzt, verstehen, dass es einzig aufs Volumen ankommt, auf die Ausdehnung also von Schnee und Regen, das ist das Entscheidende, dieses Verhältnis muss bei fünfzig zu fünfzig stehen. Wenn Schnee und Regen genau gleichviel Raum einnehmen, dann stellt sich, einem Naturgesetz gleich, das alles durchdringende Harmoniegefühl ein.

Damit ist die ideale Zone erklärt, jetzt kann es losgehen, das heißt, Sie können losgehen, zum Kern kommen: Schreiten im Schneeregen. Mag trivial klingen. Ist es aber nicht. Sie müssen den Kopf beieinander haben, müssen ein Höchstmaß an Aufmerksamkeit aufbringen, um die Grenzlinie einzuhalten und, im besten Fall, ganz exakt in der idealen Zone zu bleiben. Schon kleinste atmosphärische Veränderungen wirken sich urplötzlich auf die Schneefallgrenze aus. Ein aufkommender Wind zum Beispiel oder wenn der Niederschlag stärker wird, das reicht aus, die Flocken in Minutenschnelle ein paar Hundert Meter tiefer ins Tal zu treiben. Sie müssen auf der Hut sein. Und gleichzeitig die Landschaft nach möglichen Auf- und Abstiegsvarianten absuchen, so können Sie auf temporale Verschiebungen unverzüglich reagieren. Dass Sie auf dieser Höhenwanderung bequem einem Weg folgen, ist so gut wie ausgeschlossen. Sie werden sich vielmehr durch den Jungwuchs kämpfen, dabei immer wieder ahnungsloses Wild aufscheuchen, aufgeweichte Wiesen queren, vom Vieh ausgetretenen Pfaden folgen. Sie dürfen keine Zeit verstreichen lassen. Sonst ist es Sommer, und schon blühen Margeriten und Vergissmeinnicht.

Alles ganz unverfänglich, nur etwas in den Schneeregen, eine kleine Exkursion, damit der Professor versteht, wovon er redet. Einen Begleiter kann er gebrauchen, Wandern ist mit gewissen Risiken verbunden, je länger man sich entlang der Aggregatsgrenze bewegt, desto größer die Gefahr, eine kleine Unachtsamkeit, ein Sturz, das kann schnell bedrohlich werden, da kann man dann lange warten, bis jemand vorbeikommt. Zuletzt stößt irgendjemand auf einen Leichnam. In einer Mulde, etwas verborgen hinter Altholz, könnte der Mann auf dem Waldboden liegen. Ein T-Shirt bedeckt den schmalen Körper nur unvollständig, bleiche Arme auf Wintergrün gebettet, ein Ellenbogen braun verfärbt, die Haut wie ein Schwamm aufgequollen, Fetzen, die sich ablösen. Der Mann liegt wie im Schlaf auf der Seite, die Beine etwas angewinkelt, den Kopf auf dem rechten Arm. Man müsste nähertreten, um in matte, grauweiße Augen zu blicken. Der Mund steht leicht offen, weiße Zähne sind zu sehen, gut heben sich die violetten Lippen davon ab. Die linke, sichtbare Gesichtshälfte ist grün verfärbt und zerschnitten, als hätte jemand mit einem Messer gespielt, Fraßspuren von Mardern vielleicht oder Füchsen, ein Wangenknochen schon freigelegt. Der Rumpf scheint intakt, womöglich hat ein Schneesturm das Mahl der Aastiere beendet. Man müsste darüber stolpern, um die Leiche zu entdecken, bei diesen Temperaturen läuft die Verwesung zu langsam ab, als dass einen der Geruch heranführen könnte. Wie lange es dauert, bis jemand zur Unkenntlichkeit zerfällt im

Schneeregen? Die Frage können Sie sich stellen, wenn Sie im Wald stehen. Anfangs ist Ihnen kalt, doch je länger Sie sich in Schnee und Regen versenken, desto unempfindlicher werden Sie.

Schnee, der sich von einem Baumwipfel löst, schreckt sie beide auf. Wer weiß, wie lange sie dort gestanden haben. Um den Ärmel der Jacke hochzuziehen und die Uhrzeit abzulesen, sind die Finger zu klamm. Ohne miteinander zu reden, greifen sie nach den Rucksäcken, richten sich auf, schwanken davon, strecken die Arme aus, suchen Halt an den Stämmen, tasten sich vor, Schritt um Schritt, gleiten auf der durchnässten Erde aus, rutschen über körnig gepressten Schnee, bis sie auf den Weg zurückfinden.

Etwas nimmt mich wunder, sagt Gruber, wenn Sie im Schneeregen wandern, wie schnell sind Sie da unterwegs? Können Sie das sagen, ich meine so ungefähr?

Schwitter blickt ihn erstaunt an, doch bevor er etwas erwidern kann, fährt Gruber fort.

Ich meine, Sie können ja einfach so spazieren oder zügig schreiten, das ist ganz Ihnen überlassen. Oder gibt es da bestimmte Regeln?

Das Gleichgewicht, Herr Gruber, sagt Schwitter nach einer Pause und in ernstem Ton, auf das Gleichgewicht kommt es an, alles andere lässt sich davon ableiten.

Gruber zeigt sich zufrieden, er nickt. Ich möchte aber, fährt er fort, auf einen anderen Punkt hinaus. Wenn man im Schneeregen unterwegs ist, sagt er, so hängt es doch letztlich von der Geschwindigkeit ab, wie viel Schnee und wie viel Regen auf einen niedergehen.

Schwitter zögert. Unter diesem Aspekt hat er das noch nie betrachtet. Nass wird man so oder so, sagt er nach einer Weile, ob man nun schnell oder langsam geht. Und schließlich kommt es nicht auf die Menge an, sondern auf die Qualität, auf die Form der Flocken, auf die Größe der Regentropfen. Aber abgesehen davon, interessant ist sie schon, die Frage.

Zumindest zeitlos, erwidert Gruber. Wer kennt das Problem nicht. Man steht ohne Schirm im Regen und überlegt sich, ob es sich lohnt, schneller zu gehen. Die meisten rennen oder versuchen zumindest, sich zu beeilen.

Richtig, aber wenn man es sich genauer überlegt, wird es kompliziert.

Gruber zieht die Augenbrauen hoch. Sie meinen, es ist nicht klar, ob man im Laufschritt trockener bleibt?

Genau. Aber reden Sie mir nicht von Laufschritt, so etwas kommt im Schneeregen überhaupt nicht in Frage. Und trocken bleiben wollen wir doch auch nicht, oder? Ich denke, das habe ich Ihnen ausführlich erklärt.

Wenn ich Sie richtig verstehe, dann wäre es wohl gerade umgekehrt. Sie fragen sich, welches die optimale Geschwindigkeit wäre, um möglichst viel Schnee und Regen abzubekommen.

Exakt. Sie machen Fortschritte, Herr Gruber, ich glaube, Sie sind dem Rätsel bereits ein bisschen näher gekommen.

Aber die Frage bleibt: Wie schnell soll man gehen, um bei Regen richtig nass zu werden?

Ich hab irgendwo einmal gelesen, dass es gar nicht auf die Geschwindigkeit ankommt, vorausgesetzt, der Regen fällt überall gleichmäßig.

Egal, ob jemand rasch oder langsam ginge, fragt Gruber. Dann könnte man also im Zeitlupentempo gehen?

So betrachtet schon.

Das kann ich nicht glauben. Wenn jemand fast stehenbleibt, fällt doch viel mehr Regen auf ihn.

Hm, versucht Schwitter Zeit zu gewinnen, wenn jemand ganz langsam geht, regnet es mehr auf seinen Kopf und auf die Schultern, dafür bleiben Beine und Rumpf trockener.

Und wenn er ganz schnell geht, dann wäre es wohl umgekehrt?

Genau. Nehmen wir einmal an, jemand würde sich unendlich schnell bewegen, dann würde er mit seiner Vorderseite sämtliche Wassermoleküle einfangen, die sich zwischen seinem Scheitel und dem Erdboden befinden.

Mit Lichtgeschwindigkeit, meinen Sie.

Genau, und der Kopf bliebe trocken.

Aber dann kommt es doch auf die Geschwindigkeit an?

Weshalb meinen Sie?

Wenn dieser Jemand bei langsamem Gehen den Niederschlag mit Kopf und Schultern einfängt und bei schnellem Gehen mit seiner Vorderseite, dann ist das doch nicht das gleiche.

Das kommt ganz darauf an.

Worauf kommt das an?

Ich meine, die Fläche des Kopfes ist geringer als jene des Körpers. Irgendwie hängt es vom Verhältnis der beiden Flächen ab. Stehen Körpergröße und -umfang im richtigen Verhältnis zum Kopf, dann spielt die Geschwindigkeit keine Rolle.

Sie meinen, wenn der Regen gleichmäßig fällt und das Verhältnis stimmt, dann wäre alles wunderbar im Gleichgewicht?

So kann man es ausdrücken, Herr Gruber.

Seinen Chef müsste er nicht zu einem Ausflug überreden, der käme von alleine auf den Geschmack. Eine Sportlernatur, immer in Bewegung, erzählt von seinen Touren, mit dem Fahrrad über die Pässe, drei, vier an einem Tag, bald vierzig ist er, aber besser in Form als früher, sagt er zumindest, erzählt ständig, wie viele Höhenmeter er schon bewältigt hat, in einem Jahr über zwanzigtausend Meter, mehr als zweimal auf den Mount Everest hoch, vom Meer aus, rechnet er vor, wo sonst lässt sich die Performance so präzise ermitteln, das Fahrrad das ideale Messgerät, und dann das Psychische, sich überwinden, die Schmerzen aushalten in den Beinen, im Brustkorb, das Gefühl von Sicherheit danach, sich auf den Körper verlassen zu können, ja und die Gänsehaut, wenn er andere überholt, und er überholt viele Fahrer, sieht er einen vor sich, der sich hochquält, schaltet er in einen höheren Gang, geht aus dem Sattel, fährt nahe an ihn heran, dann drosselt er, bevor er ihn überholt, das Tempo ein bisschen, um zu verschnaufen, man soll ihm die Anstrengung ja nicht ansehen, erst jetzt zieht er an ihm vorbei, auf dem Gesicht ein breites Lächeln, spricht vielleicht ein paar Worte mit ihm, versucht dabei so ruhig wie möglich zu atmen, Gänsehaut auch, wenn ihn Wanderer anfeuern am Berg, die Haare stellen sich auf, besser als Sex, sagt er mit einem Zwinkern. Schwitter fragt sich, wie oft er seine Frau schon betrogen hat.

Auch Schneeregen kostet Überwindung, man darf sich nicht um die Schmerzen kümmern, wenn einem Nässe und Kälte in die Glieder fahren, wenn die Schönheit des Schneeregens greifbar wird wie eine Liebe, die nur langsam Gestalt annimmt, wie zwei Menschen, die nur zögerlich zueinander finden, die sich an Makel und Versehrungen, die sie im Gesicht des andern zu sehen glauben, zuerst gewöhnen müssen, die nach und nach, Berührung um Berührung, die wahre Gestalt erkennen und gerade dadurch eine umso tiefere Beziehung formen. Es braucht Zeit, bis Regen und Schnee berauschen, bis man sich nicht mehr fürchtet, die Kontrolle zu verlieren. Hellwach die Sinne, der Rhythmus der Regentropfen dringt überdeutlich zu einem, auch die zarten Bewegungen der Schneeflocken, selbst kleinste Temperaturveränderungen vermag man zu spüren, minime Druckverschiebungen.

Er würde den Schritt verlangsamen, damit der Chef ganz nahe aufschließen könnte, würde sich zur Sicherheit alle paar Meter nach ihm umdrehen. Der Niederschlag hätte den Weg aufgeweicht, sie müssten sich auf die Schritte konzentrieren, um Halt zu finden. Und auf den Atem, der Chef müsste ganz dicht hinter ihm gehen, fast seinen Rücken berühren mit dem Kopf, um zu hören, wie er Luft schöpfte, helle, kurze Töne beim Einatmen, lang und kraftlos das Ausatmen, Lippenbremse, die Technik hatte ihm Schindler, sein lungenkranker Zimmernachbar, beigebracht damals, saß stundenlang am Bettrand und machte nichts anderes als ein- und auszuamten, die Luft, erklärte er, ruhig durch die Nase einziehen, nach drei, vier Wörtern musste er eine Pause machen, bevor er langsam weiterreden konnte. Schwitter brauchte ein, zwei Tage, um sich an sein stockendes Reden zu gewöhnen, man muss ... die Lippen zusammenpressen ... dann die Luft ausstoßen ... das bremst den Luftstrom ab ... soll die Atemwege erweitern ... verhindern, dass die Bronchien ... in sich zusammenfallen. Bald würde sein Chef im gleichen Rhythmus atmen, nicht vor Anstrengung, wegen dieses Aufstiegs kommt ein Ausdauerathlet nicht ins Schnaufen, von alleine würden sich ihre Frequenzen angleichen, als wollten sie gemeinsam diesen Raum ausloten, als atmeten sie in jeden Spalt hinein, in jede Furche des Waldbodens. Jetzt brauchen sie keine Worte mehr, um sich zu verstehen.

Schwitter sitzt aufrecht im Bett und beobachtet den Mann. Vorhin, als er ihn zum ersten Mal sah, deckte er die Fußleisten ab mit diesem Klebeband, inzwischen hat er sich schon fast bis zum Fenster vorgearbeitet. Keine Ahnung, ob er Dispersion aufträgt oder bloßes Leitungswasser, wozu geht er alle paar Minuten ins Bad und dreht den Hahn auf? Der Mann beachtet ihn überhaupt nicht, auch dann nicht, wenn er sich zum Farbkessel bückt und dabei kurz den Kopf in Schwitters Richtung hält, lässt lautlos den Roller über die Wand gleiten, als wäre das Zimmer leer, die Vorbereitung für den Wechsel schon im Gang, für jeden pflichtbewussten Vermieter eine Frage das Anstands, die Spuren des Vorgängers zu tilgen. Wozu tun Sie das? Mit aller Kraft schreit Schwitter die Worte, doch der Maler kann sie nicht hören, wechselt den Roller von der rechten in die linke Hand, zieht am Stumpen, den er mit den Lippen festhält, ein ungeniertes Schmatzen, die Asche kippt er in den Farbkübel. Vielleicht, denkt Schwitter, hilft das ja, die Spitalkeime abzutöten. Aber halt, den Stumpen kennt er doch, der ist schon einmal langsam abgebrannt, nicht lange her, er döste etwas vor sich hin, der Alte wollte ihm unbedingt Schnaps einflößen, ein paarmal spürte er eine Hand auf seiner Wange, rauh, voller Risse war sie, und dieselben wässrigblauen Augen, als würden sie gleich überlaufen. Schon greift sich der Alte die Teekanne und schenkt sich ein, fingert am Inhaliergerät herum, was fällt dem ein, doch nicht mit den Händen voller Farbe, da schnappt der sich die Maske und presst sie

Schwitter aufs Gesicht. Als er mit den Armen zu fuchteln beginnt, hört er noch, wie der Alte auflacht.

Das Telefon klingelt, doch bevor Schwitter danach greifen kann, hält Gruber den Hörer in der Hand. Er hört lange zu, ohne etwas zu sagen, blickt nur immer wieder zu Schwitter. Geben Sie mir doch den Hörer, flehen seine Augen, ich muss meinem Chef erklären, wie das alles passiert ist. Es geht ihm gut hier, sagt Gruber, ja, er erholt sich, von Tag zu Tag besser, Sie würden sich wundern, ein bisschen Aufmerksamkeit tut jedem von uns gut, nicht wahr. Was dieser Gruber mit dem Chef reden kann, sonst hängt der nach zwei Minuten auf, waste of time, ermahnt er per Email, wenn einer im Team ins Plaudern kommt. Aber warum gibt Gruber alles zu, warum nimmt er alle Schuld auf sich, selbst für Dinge, die er bloß gedacht hat, das mit Beatrice, war doch gar nicht so gemeint gewesen, konnte ja nicht wissen, dass sie so daran hängt, wie soll er das wissen, wenn sie nichts sagt, steht ja nirgends geschrieben. Hatte sie nicht zu ihm gesagt, ohne aufzublicken: Ich habe alles eingepackt, morgen kommt mein Bruder und holt die Sachen ab. Dabei hat sie gar keinen Bruder, war alles gelogen, zur Rede hätte er sie stellen sollen. Sie klappte das Buch zu, sah ihn an: Bist du fertig? Er nickte, bevor sie die Frage ausgesprochen hatte. Sie: Warum sitzen wir denn noch herum hier? Er: Noch diesen Film, noch diese Fotos, das müssen wir schaffen, sonst wäre alles umsonst gewesen, dazu muss die Kraft noch reichen. Sie: Nimm sie schon, du weißt doch, wie es geht, du machst das so gefühlvoll, deine Hände, sie haben mir immer am besten gefallen, deine Hände, ich hätte es ihnen nicht zugetraut, dabei wollten wir noch so viel gemeinsam unternehmen und erleben, gemeinsam, verstehst du.

Als Schwitter ins Badezimmer tritt, legt sich die Feuchtigkeit über ihn, reflexartig hält er die Luft an und wirft, als er einen Schritt tut, den Hocker um, was machst du, ruft er, schreit es, als sie nicht antwortet, der Morgenmantel ist auf den Boden gefallen, er bückt sich danach, lässt ihn wieder fallen, als er merkt, dass er sich schon mit Wasser vollgesogen hat, kannst du denn nicht endlich die Dusche abstellen, vielleicht hält sie sich die Ohren zu, er greift nach dem Duschvorhang, zieht daran, doch er klemmt, mit beiden Händen muss er reißen, bis der Vorhang aus den Ösen springt, das Wasser brennt auf seinem Gesicht, doch er weicht nicht zurück, bleibt stehen, um den Körper zu betrachten, am Boden liegt sie, ihr Rücken schimmert rot, die Wirbel treten hervor, spitz, als würden sie im nächsten Moment die Haut durchstechen, das Wasser, denkt er, gehört abgestellt, selbst ihre Fußballen sind gerötet, sie hält sie ihm entgegen, so flach wie sie daliegt, die Arme um die Knie geschlungen, den Kopf eingezogen, auf den Schultern ihre Haare, sie glänzen, sie hat schöne Haare, am schönsten sind sie, wenn sie nass sind, er fährt gerne mit dem Kamm durch die nassen Haare, dann tropft Wasser auf ihre Schultern, und sie tut so, als würde sie erschrecken darüber, bevor sie es mit der Hand verstreicht, jetzt liegt ihre Hand schlaff auf dem Boden, die Finger sind aufgequollen, unnatürlich sieht das aus, unter den Nägeln ist Dreck, das kennt er gar nicht von ihr, sie pflegt ihre Fingernägel sehr sorgfältig, schneidet sie bis auf die Kuppe zurück, ihre Finger sind dünn und doch ausdrucksstark, wie geschaffen fürs Klavier, er hat nie verstanden, weshalb sie nicht spielt, und jetzt dieser Dreck, so etwas gehört doch entfernt, weggespült, ist doch keine Sache, lässt sich ganz schnell erledigen.

Mit dieser Beatrice, das hätte doch etwas werden können, Schwitter hört die Stimme seines Vaters, Gruber hält ihm den Hörer ganz nah ans Gesicht, das hat dir doch gutgetan, haben alle gesagt, hättest sie uns ruhig einmal vorstellen dürfen, das hätte die Mutter gefreut, ihren Sohn zusammen mit einer Frau, sie soll gut aussehen, hat mir deine Putzfrau erzählt. Glaub mir doch, mit Beatrice hätte sich dein Leben entwickeln können, da kann man doch mehr daraus machen als immer auf dieser Bank, mit unseren Anlagen, siehst ja, was wir erreicht haben. Das reicht jetzt, sagt Gruber, nun bin ich an der Reihe, sagts, indem er seiner Stimme Raum gibt, Schwitter versteht kein Wort, aber die Stimme ist schön, so hat er Gruber noch nie reden hören, sie überrollt ihn, ein Strom, der alles mitreißt, der ganze Raum kommt in Bewegung, die Scheiben vibrieren, der Fensterrahmen knistert, die Vorhänge schwingen hin und her, Gruber redet und redet, die Teetasse beginnt über den Beistelltisch zu wandern, Schwitter will sie auffangen, doch er kann den Arm nicht bewegen, die Muskeln wollen nicht, so sehr er sich auch anstrengt, er kann nur zusehen, wie die Tasse aus seinem Blickfeld verschwindet, um dann auf den Aufprall zu warten.

Endlich kommt ein Pfleger ins Zimmer, völlig außer Atem ist der junge Mann, der Kittel flattert, zum Schließen der Knöpfe hat es nicht mehr gereicht, Imhof, stellt er sich vor, kennen Sie mich denn nicht mehr, der vom Warenhaus, von den Eltern immer etwas kurzgehalten, tut mir leid für die Verspätung, aber ich musste den Grabstein auswählen, so etwas braucht Zeit, aber jetzt bin ich hier, hab zur Sicherheit gleich das Testament mitgebracht, ich sage Ihnen, jetzt kommen wir ins Geschäft, Risikobereitschaft und Risikofähigkeit sind im Gleichgewicht, Sie sagen doch immer, das Wichtigste ist die Balance, mein Anlagehorizont hat sich kolossal erweitert, wenn Sie verstehen, was ich meine. Aber wie sehen Sie denn aus, ganz eingefallen wirken Sie, Dehydrierung in fortgeschrittenem Stadium, würde ich sagen, hat man Ihnen das Wasser abgestellt, was für ein Glück, dass ich gerade vorbeigekommen bin, warum haben Sie denn nicht geklingelt, wir werden kurz eine Infusion stecken müssen, inhaliert haben wir schon, sehr schön, aber das nächste Mal pressen wir die Maske nicht mehr ganz so fest aufs Gesicht, nicht wahr, sogar am Hals diskrete Verfärbungen, das ist doch nicht nötig, aber wir wollen nicht herumnörgeln, Hauptsache, alles ist wieder einmal ordentlich durchlüftet worden.

Halb sechs, die Zeit vergeht langsam, das Personal zeigt sich schon lange nicht mehr. Schwitter steht auf, den Schmerz im Knöchel spürt er kaum, öffnet das Fenster, setzt sich in den Sessel und wartet. Er hat Geduld, denn er weiß, wer lange genug ausharrt, wird belohnt, wird mit Schneeregen belohnt. Ein frischer Luftzug genügt, und er richtet den Oberkörper auf, seine Schulterblätter spannen sich. Vom Wasser, das der Wind ins Zimmer trägt, lässt er sich nicht stören. Bald zieht kältere Luft heran, erste Schneeflocken erreichen ihn, wobei es sich ja genaugenommen nicht um die ersten, sondern die letzten Flocken handelt, sie haben es bis zum Boden geschafft, besonders robuste Kristalle, die am längsten der Wärme zu trotzen vermochten. Kraft und Zähheit zeichnen sie aus, da ist es nur angemessen, sie feierlich zu begrüßen. Schwitter beginnt, die Arme zu schwenken und mit den Händen zu fächeln. Dann senkt er bedächtig den Kopf, hebt ihn wieder, neigt darauf den Oberkörper, wiederholt das Ritual, verharrt in fast waagrechter Lage. Nun richtet er sich auf, um die Arme aus dem Fenster zu strecken und die Handteller in den Niederschlag zu halten. Er hofft, ein paar Kristalle aufzufangen, aber rasch bilden sich kleine Pfützen in seinen Händen. Wieder fließt sein Augenwasser, schwemmt Vergangenes mit sich fort, macht Platz für Neues, das geschieht ganz von selbst, er konzentriert sich nur auf seine Atmung, lässt die Luft langsam einströmen, macht Lungenzüge in der Hoffnung, diesen Augenblick für immer in seine Bronchien einzuschreiben.

Satter, kräftiger Schneeregen fällt zu Boden. Aber weshalb soll die Schönheit all der Flocken und Tropfen, kaum haben sie zusammengefunden, schon wieder vergehen? Es muss ihm gelingen, den Niederschlag zu konservieren, die Zeit für einen Augenblick anzuhalten, bevor die Gebilde kaputtgehen. Mit Tellern könnte er versuchen, sie einzufangen, besser noch: eine gekühlte schwarze Fläche, damit sie gut sichtbar wären. Und dann pausenlos fotografieren, Bild um Bild, ohne Unterbruch, Beatrice drückt auf den Auslöser, gehetzt und atemlos, bis er den Film wechselt, und wieder von vorne, alles so flüchtig, doch sie vermag die Dinge festzuhalten, einzudringen in das Netz von Schnee und Regen. Zusammen kann es ihnen gelingen, den Niederschlag in seine Einzelteile zu zerlegen, gemeinsam können sie es schaffen, die Botschaften zu entschlüsseln, die jeder Tropfen, jede Flocke in sich bergen.

Im Dämmerlicht erscheinen die Wände anders, er kann die Farbe nicht benennen, ungesund wirkt sie, wie nach einem Bluterguss. Hätte er länger hierzubleiben, dann müsste das Zimmer neu gestrichen werden, darauf würde er bestehen. Und das Gitter vor dem Fenster müsste auch weg. Noch lieber wäre ihm ein Balkon, groß genug für eine Liege, dort könnte er sich unter Wolldecken verkriechen. Das ist der richtige Rahmen für eine Kur, er lässt sich in den Stuhl betten und wird zum Mittelpunkt der Erde, ungestört könnte er über das Wetter nachdenken, in aller Ruhe Schnee und Regen beobachten, könnte sein eigenes Heilverfahren praktizieren, Gleichgewicht trainieren, sich inspirieren lassen von den fahrenden Wolken, den ganzen Tag Geborgenheit aushalten, den Körper unter der Decke wärmen, nur der Kopf ragt heraus, weich gelagert, über ihm Spektakel, raumfüllend, Tanz der Elemente, fest und flüssig, alles auf diesen Gegensatz reduziert, die Urformen der dinghaften Welt, im Schneeregen vereint.

Das Licht ist spärlich geworden, er rückt den Sessel noch näher ans Fenster und kann zusehen, wie die Welt nach und nach auf ihre Umrisse reduziert wird. Bürgerliche Dämmerung, vielleicht fühlt Schwitter sich deshalb leichter in diesen Minuten, wenn sich Tag und Nacht die Waage halten, bevor sich das Zünglein auf die eine Seite senkt und die nautische und dann die astronomische Dämmerung an der Reihe sind. Beeindruckend, mit welcher Präzision die Zeit eingeteilt wird, bis ins letzte Detail wird die Welt benannt. Nur beim

Schneeregen nicht, hier fehlt jede Genauigkeit. Schneeflocken werden in Dutzende von Kategorien eingeteilt, Regentropfen der Größe nach geordnet. Aber das Einfachste, das Schönste, wenn Schnee und Regen zusammen und in immer neuen Formationen auftreten, darüber schweigen sich die Wissenschaftler aus.

Dabei wäre es ganz einfach. Seine Augen sind auf Gestalt und Form von Schnee und Regen trainiert, sein Gehör kann die Schallwellen der Tropfen und Flocken zuverlässig auseinanderhalten. Das Mischverhältnis würde er mit der Nase bestimmen, je mehr sich die Balance zum Schnee hin verschiebt, desto reiner röche die Luft. Natürlich hätte er den Niederschlag zu protokollieren, lückenlos, was Beharrlichkeit verlangt, Thermometer, Barometer, Hygrometer, aber auch Pluviometer und Heliograph, Wolkenspiegel und Windmesser nicht zu vergessen – es gäbe allerlei zu bestimmen, bis jedes Wetter, jeder Niederschlag, jede Temperaturschwankung erfasst wäre. Aber das ist nicht alles, bei aller Akribie dürfte er die Gefühle nicht außer acht lassen, müsste die unterschiedlichen Stimmungen notieren, die Schneeregen in ihm auszulösen vermag, mal fühlt er sich matt, mal, der Beschaffenheit des Niederschlags gehorchend, voller Spannkraft, mal ist ihm heiß, mal kalt, und seine Gedanken, lässt er ihnen freien Lauf, kreisen um fröhliche oder traurige Themen, um längst vergangene oder noch bevorstehende Zeiten. All dies, die körperlichen Erscheinungen wie die spontanen Empfindungen, müsste er zu einem großen Modell verschmelzen.

Eine kleine Schule des Schneeregens, das wäre ein Projekt, für das er sich begeistern könnte. Systematik in das Wetter bringen, Klarheit schaffen ein für allemal. Für so eine Aufgabe kommt nur Latein in Frage. Ein Name für die Schneeregenkunde ist längst gefunden: Pluvianivalik. Was fehlt, ist eine einheitliche Schneeregensprache, eine verbindliche Taxonomie, um Gattungen und Arten zu unterscheiden. Ein paar Namen hat er schon zusammengetragen, das verlernt man nicht mehr, hatte sein Lateinlehrer immer gesagt, calidus und frigidus, heiß und kalt, fortis und infirmus, kräftig und schwach, und aus dem übergroßen Formenreichtum lassen sich noch ganz andere Gruppen bilden, schon kommen ihm weitere Eigenschaftswörter in den Sinn, er hält sich am Geländer fest wie an einem Rednerpult, holt tief Luft, räuspert sich und spricht mit feierlicher Stimme: Pluvius nivalis luminosus, pluvius nivalis faci lis, er zögert kurz, die Kasusfehler, doch damit darf er sich jetzt nicht aufhalten, pluvius nivalis antecedens, fluxus, perpetuo, nebulosus, odorus, incontaminatus, aequaliter, ambiguus, gravis, humilis, acidus, glacialis, magnificus, lacrimabundus, horrifer, periculosus, fatigatus, animo relictus, mortiferus.

Es ist dunkel geworden. Schwitter sitzt noch immer am Fenster. Autos fahren auf der Straße, eine Rechtskurve, die Scheinwerfer leuchten in die Wiese, als würde jemand mit einem Putzlappen über das Gelände wischen. Ob Regen oder Schnee fällt, ist nicht mehr zu unterscheiden, und er könnte nach draußen gehen, unbemerkt an den Pflegerinnen vorbei, mit dem Lift nach unten fahren. Wer weiß, wie lange es dauerte, bis sein Fehlen entdeckt würde.

Barbara Bongartz

Perlensamt

Martin Saunders, amerikanischer Kunsthistoriker in Berlin, lernt durch Zufall David Perlensamt kennen – einen eigenartig anziehenden, geheimnisvollen Menschen. Wenige Tage nach dieser Begegnung geschieht in Perlensamts Wohnung in der Fasanenstraße ein Mord. Fast zur selben Zeit wird im Auktionshaus, für das Saunders arbeitet, ein Courbet angeboten. Exakt das Bild, das Saunders in der Wohnung Perlensamts gesehen hat …

Perlensamt ist ein Kriminal- und Gesellschaftsroman, der das große Thema *Raubkunst* aufblättert – auf den Spuren bedeutender Werke und ihrer »Sammler« zwischen Berlin, Paris, New York.

»Barbara Bongartz erzählt in raffinierter Tektonik und außerordentlich spannend. Fiktion vermischt sich mit den Fakten in einem schwindelerregenden Hazard.« Rose-Maria Gropp, FAZ

»Perlensamt *ist ein spannendes Vexierspiel: Nichts ist so, wie es scheint. Großartig erzählt!«* Ulrich Faure, BuchMarkt

Roman
Geb., 319 Seiten
€ 19,80 (D)
weissbooks.com
barbarabongartz.de

weissbooks.w

Artur Becker

Wodka und Messer

Lied vom Ertrinken

Kuba Dernicki ist ein glücklicher Mensch. Er hat Arbeit und Familie und lebt seit vielen Jahren im Paradies, in Deutschland. Doch eines Tages treibt ihn eine starke Sehnsucht zurück nach Polen, in die alte Heimat, an die Stätten seiner Kindheit, an den Dadajsee. In eine wunderschöne Landschaft, bevölkert von überaus eigenwilligen Menschen, die mit List, Humor und Wodka überleben. Und die sich Geschichten erzählen, in denen die Toten … alles andere als tot sind.

Wodka und Messer ist ein Heimatroman, ein Liebesroman, ein Buch, über dem der polnische Himmel leuchtet, »sternhagelvoll wie die Männer von Bartoszyce, wie die Fische im Dadajsee.«

Adelbert-von-Chamisso-Preis 2009

»Ein scharfer und schöner Roman … Ein herrlicher Roman voller eigenwilliger Typen.« Hajo Steinert, Focus

Roman
Geb., 472 Seiten
€ 22 (D)
weissbooks.com

weissbooks.w

Thomas Schenk
Im Schneeregen.
Eine Geschichte

Konzept Design
Gottschalk+Ash Int'l

Umschlaggestaltung
Julia Borgwardt, borgwardt design
unter Verwendung eines Motivs von Hansgeorg Schöner

Foto Thomas Schenk

Druck und Bindung: GGP Media GmbH, Pößneck
Printed in Germany
Erste Auflage 2010
ISBN 978-3-940888-48-8

thomasschenk.ch
weissbooks.com